NOCTURNES ROUGES

T1 - SANG NOIR

SCÉNARIO ET DESSINS
N H I E U

COULEURS
L Y S E

Soleil

soleil productions Le Grand Hôtel, Place de la liberté - 83000 Toulon
Tél : **04 94 185 185** - Fax : **04 94 62 30 21**
Dépôt légal janvier 2001 - ISBN 2 - 84565 - 018 - 3

imprimé en mai 2002

Conception et réalisation graphique : Studio Soleil
Direction artistique : Didier Gonord
Impression : Lesaffre - Tournai - Belgique

APPROCHEZ BRAVES GENS ! APPROCHEZ !
SOYEZ LES SPECTATEURS PRIVILÉGIÉS DE LA FAMEUSE GALERIE DE MONSTRES DU GRAND CARLOS RODRIGUEZ !
POUR NOTRE ULTIME REPRÉSENTATION SUR LE CONTINENT, NOUS VOUS OFFRONS LES PLUS IGNOBLES SPÉCIMENS DE LA CRÉATION !
SIRÈNE PERFIDE, NAIN DÉGOÛTANT, HOMME-LOUP AFFAMÉ, SIAMOIS CHAUVES, ET BIEN D'AUTRES !
BOM ! BOM !
ALORS, PROFITEZ DE CETTE OCCASION UNIQUE POUR CINQ PIÈCES SEULEMENT !
MILLE MERCIS, MONSEIGNEUR...
PAR ICI, JE VOUS PRIE...
HALTE LÀ, GAMIN ! J'APPRÉCIE GUÈRE LES RESQUILLEURS !
LÂCHEZ-MOI !
MAIS T'ES PLUTÔT BIEN EN CHAIR, DIS-MOI... JE DIRAIS MÊME GRASSOUILLET...
HAN !
SPO!

DANS LES COUILLES AU VIEUX FOU !
DANS LES COUILLES !
HA! HA! HA!
HMPHHH...
SALE PUNAISE ! TU N'IMAGINES PAS À QUEL POINT TU T'EN TIRES BIEN.
YAAH-AA !
AVANCEZ, JE VOUS PRIE.
LE SPECTACLE VA POUVOIR COMMENCER.
FICHTRE ! QU'EST-CE QU'IL FAIT SOMBRE, LÀ-DESSOUS !
ATTENTION OÙ VOUS MARCHEZ !
S'CUSEZ !
IL Y AURAIT MOYEN D'AVOIR UN PEU DE LUMIÈRE ?
OÙ QU'Y SONT, LES MONSTRES ?

MAIS DE QUI SE MOQUE-T-ON ?! JE NE VOIS PAS LE MOINDRE PHÉNOMÈNE DE FOIRE, ICI !
MIS À PART UN SALTIMBANQUE MALHONNÊTE ET SON MACAQUE POUILLEUX !
DÉTROMPEZ-VOUS, MESSIRE. MES AMIS SONT LÀ ET BIEN LÀ... ILS VOUS OBSERVENT... MÉTICULEUSEMENT.
MAIS SOYEZ SANS CRAINTES, JE LEUR AI TOUJOURS DÉFENDU DE JOUER AVEC ...
LA NOURRITURE.
HOLÀ, MON BRAVE. JE SUIS À LA RECHERCHE D'UNE TROUPE DE SALTIMBANQUES. LES AURAIS-TU APERÇUS, PAR HASARD ?
JE NE SAURAIS VOUS DIRE S'IL S'AGIT DES PERSONNES QUI VOUS INTÉRESSENT, MAIS UNE CARAVANE S'EST INSTALLÉE SUR LE FORT EN DÉBUT DE SOIRÉE.
LE FORT, DIS-TU ?
OUI, MESSIRE.
IIIIIII...
PAR TOUS LES SAINTS !
QUE SE PASSE-T-IL ?
C'EST LYNETTE. LA PETIOTE VOULAIT VOIR CE QU'IL SE PASSAIT SOUS LE CHAPITEAU, ET PUIS V'LÀ QU'ELLE A SUBITEMENT TOURNÉ DE L'OEIL !
et ses
MONSTRES
NE BOUGEZ PAS D'ICI. MOI, J'INSPECTE LES LIEUX...
IL Y A QUELQU'UN ?
OH! MON DIEU...

CENTRAL PERK
BURP
BURP
LES SALTIMBANQUES ! OÙ SONT-ILS ?!
IL N'Y A PERSONNE LÀ-DESSOUS, EXCEPTÉ DES CADAVRES.
MAIS À QUI AI-JE L'HONNEUR ?
SANS IMPORTANCE.
QUELQU'UN A-T-IL VU PAR OÙ SONT PARTIS LES MONSTRES QUI ONT COMMIS CELA ?
MOI, J'LES AI VUS !
JE LES AI TOUT DE SUITE REMARQUÉS AVEC LEURS ALLURES ÉTRANGES... ILS ONT EMBARQUÉ EN DOUCE SUR LA GALANTE VOILÀ QUELQUES MINUTES À PEINE.
Y-A-T-IL MOYEN DE PRÉVENIR L'ÉQUIPAGE ?
AUCUN. ET N'ESPÉREZ SURTOUT PAS LES RATTRAPER.
LA GALANTE EST PLUS RAPIDE QUE N'IMPORTE QUEL NAVIRE À QUAI.
ALORS, QUE DIEU LES GARDE.

BON SANG, MAIS QU'EST-CE QU'ELLE FICHE, À LA FIN ?!
SI ELLE NE SE DÉPÊCHE PAS, ON NE RATTRAPERA JAMAIS GRANITE !
AH J'VOUS JURE, LES FILLES...
TOUTES LES MÊMES !
CRUNCH CRUNCH
IL Y A BIEN SÛR DES EXCEPTIONS...
KWAAK
ALEX ? TU ES LÀ ?
EN HAUT ! JE SUIS EN HAUT !
KWAAK KWAAK
TU ES EN RETARD, MAY !
EXCUSE-MOI, ALEX... JE DISAIS AU REVOIR À PAPA...
BON, ÇA VA ! ON EST PAS ARRIVÉS ; ALORS, EN VOITURE...
KWAAK...
OH... BÉRÉNICE...
COMMENT VAS-TU, MA GROSSE ?
5

HÉ ! MAIS QU'EST-CE QUE TU FAIS ?! REPOSE-MOI, ALEX !
J'AI DIT EN VOITURE ! ALORS, TU T'INSTALLES LE MOINS INCONFORTABLEMENT POSSIBLE ET TU BOUCLES TA CEINTURE.
N'EMPÊCHE QUE J'AURAIS TRÈS BIEN PU MONTER TOUTE SEULE !
J'SUIS PLUS UN BÉBÉ, TU SAIS !
LES VENTS NOUS SONT FAVORABLES. SI TOUT VA BIEN, NOUS RALLIERONS MERIBI DANS LA MATINÉE.
TU ES PRÊTE, MAY ?
OUI !
ALORS, C'EST PARTI !
YAAHOO !!
PLUS HAUT ! ENCORE PLUS HAUT !
REGARDE, ALEX. LÀ. C'EST MA MAISON. TU CROIS QUE PAPA ME VOIT ?
CERTAINEMENT.
"À CE PROPOS, COMMENT VA-T-IL ?"
"BEAUCOUP MIEUX. SON BRAS LE FAIT ENCORE UN PEU SOUFFRIR, MAIS GABRIELLA ET MOI NOUS SOMMES BIEN OCCUPÉES DE LUI."
"ET PUIS IL M'A PROMIS D'ÊTRE COMPLÈTEMENT GUÉRI POUR MON RETOUR."
ADIEU MAY ADIEU MA FILLE.
6

QUOI ?!
CINQUANTE PIÈCES POUR LA TRAVERSÉE ! J'ESPÈRE QUE C'EST UNE PLAISANTERIE !
POUR CE PRIX JE POURRAIS PRESQUE ME PAYER LE RAFIOT !
C'EST QUE LES TEMPS SONT DURS POUR NOUS AUTRES COMMERÇANTS.
ET PUIS VOUS N'AVEZ GUÈRE LE CHOIX. MON NAVIRE EST LE SEUL EN PARTANCE POUR GADÈS AVANT UNE SEMAINE.
BAH ! TU T'EN TIRES BIEN. SI JE N'ÉTAIS PAS SI PRESSÉ J'AURAIS EU PLAISIR À TE FAIRE REVOIR TES TARIFS.
SI VOUS SOUHAITEZ REJOINDRE LA GALANTE, IL N'Y A PAS D'AUTRE ALTERNATIVE.
QUE L'ÉQUIPAGE SE TIENNE PRÊT À LEVER L'ANCRE.
MOI JE VAIS CHERCHER DE QUOI PAYER MESSIRE LE VOLEUR.
ON EST ARRIVÉS ?
TIENS, TU ES RÉVEILLÉE ?
ON VA LONGER LA CÔTE JUSQU'À MÉRIBI. IL NE DEVRAIT PLUS Y EN AVOIR POUR LONGTEMPS.
UN JOUR ON IRA VOIR LA MER AVEC PAPA.
EST-CE QU'IL T'A DONNÉ LA RAISON POUR LAQUELLE IL T'ENVOIE REJOINDRE TON ONCLE GRANITE ?
OUI. C'EST POUR QUE JE DEVIENNE UN CHASSEUR DE VAMPIRES. TOUT COMME LUI.

C'EST PAS UN TRAVAIL POUR UNE FILLE ÇA !
ET ENCORE MOINS POUR UNE GAMINE !
J'SUIS PAS UNE GAMINE !
ET PUIS JE VOIS PAS POURQUOI Y AURAIT QUE LES GARÇONS QUI PUISSENT FAIRE CHASSEURS DE VAMPIRES !
DE TOUTE FAÇON TU DIS ÇA PARCE QUE T'ES JALOUX !
CERTAINEMENT PAS ! JE N'AI PAS LA MOINDRE ENVIE DE ME FAIRE CROQUER UN BOUT DE FESSE !
ILS TE CROQUENT PAS LES FESSES LES VAMPIRES - ILS BOIVENT TON SANG -
NOUS Y SOMMES - PROCHAIN ARRÊT... MERIBI -
RASSURE-TOI - TEL QUE JE LE CONNAIS IL A BIEN DÛ METTRE QUELQUES TAVERNES SENS DESSUS DESSOUS - ON AURA VITE FAIT DE REMONTER JUSQU'À LUI -
MAIS DESCENDONS. JE VAIS TENTER UN ATTERISSAGE SUR LE PORT -
QU'EST-CE QUE C'EST GRAND ! COMMENT ON VA FAIRE POUR RETROUVER ONCLE GRANITE LÀ-DEDANS ?
FLAP FLAP FLAP FLAP
JE SUPPOSE QUE TU ES ASSEZ GRANDE POUR DESCENDRE TOUTE SEULE...
NON !
??
LE GROS MONSIEUR LÀ-BAS... IL EMMÈNE LE CHEVAL D'ONCLE GRANITE -
8

QUOI ?!
MAIS TU VAS AVANCER, SATANÉ BOURRICOT !
AH ! SI J'AVAIS SU QUE TU ÉTAIS AUSSI ENTÊTÉ QUE TON MAÎTRE !
SALE VOLEUR !!
?
LAISSEZ CE CHEVAL TRANQUILLE !!
QU... QU'EST-CE DONC QUE CETTE FURIE ?!
PLACE !
PUF... PUF...
KWAAAK
OUARF OUARF
JUMP

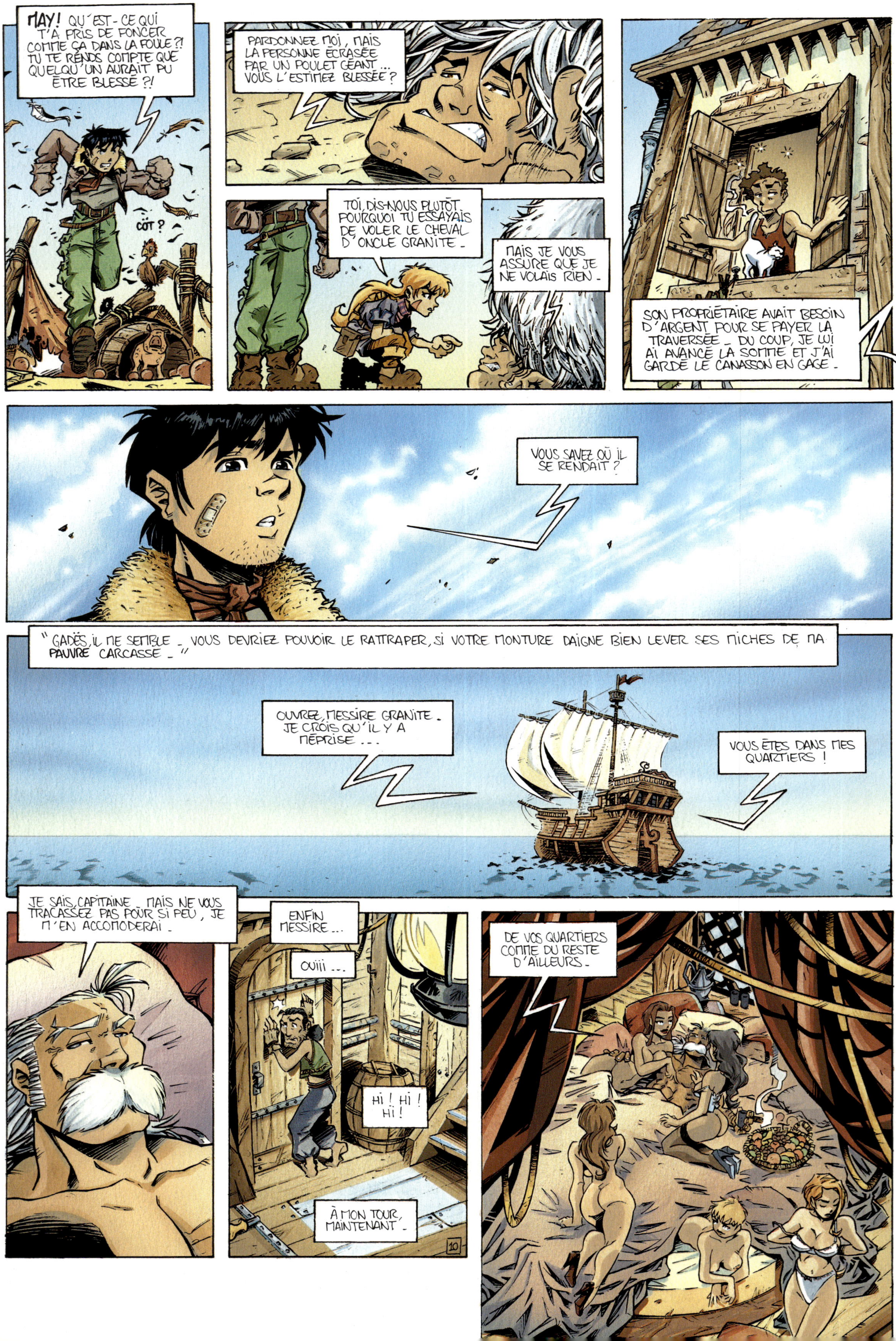
MAY! QU'EST-CE QUI T'A PRIS DE FONCER COMME ÇA DANS LA FOULE ?! TU TE RENDS COMPTE QUE QUELQU'UN AURAIT PU ÊTRE BLESSÉ ?!
CÔT ?
PARDONNEZ MOI, MAIS LA PERSONNE ÉCRASÉE PAR UN POULET GÉANT... VOUS L'ESTIMEZ BLESSÉE ?
TOI, DIS-NOUS PLUTÔT POURQUOI TU ESSAYAIS DE VOLER LE CHEVAL D'ONCLE GRANITE.
MAIS JE VOUS ASSURE QUE JE NE VOLAIS RIEN.
SON PROPRIÉTAIRE AVAIT BESOIN D'ARGENT POUR SE PAYER LA TRAVERSÉE. DU COUP, JE LUI AI AVANCÉ LA SOMME ET J'AI GARDÉ LE CANASSON EN GAGE.
VOUS SAVEZ OÙ IL SE RENDAIT ?
" GADÈS, IL ME SEMBLE. VOUS DEVRIEZ POUVOIR LE RATTRAPER, SI VOTRE MONTURE DAIGNE BIEN LEVER SES MICHES DE MA PAUVRE CARCASSE. "
OUVREZ, MESSIRE GRANITE. JE CROIS QU'IL Y A MÉPRISE...
VOUS ÊTES DANS MES QUARTIERS !
JE SAIS, CAPITAINE. MAIS NE VOUS TRACASSEZ PAS POUR SI PEU, JE M'EN ACCOMODERAI.
ENFIN MESSIRE...
OUIII...
HI ! HI ! HI !
À MON TOUR, MAINTENANT.
DE VOS QUARTIERS COMME DU RESTE D'AILLEURS.

VOUS ME REVAUDREZ ÇA, RIBAUDES !
OUIIIII...
MESSIRE... QUELLE VIGUEUR...
ASTIQUEZ-MOI CE PONT, BANDE DE BOROKS !
JE NE VOUS PAIE PAS À RIEN FAIRE !
QU'EST-CE QU'IL LUI PREND, AU CAPITAINE, TOUT À COUP ?
T'OCCUPE, PETIT...
CONCENTRE-TOI SUR TA LONGUE VUE ET N'OUBLIE PAS QUE CE QUI FAIT LA VALEUR D'UNE VIGIE, C'EST SA CAPACITÉ À ANTICIPER LES...
ÉVÉNEMENTS...
WOOSH
JE CROIS QU'ON LEUR A FLANQUÉ UNE SACRÉE FROUSSE...
JE CROIS AUSSI... ESPÉRONS QU'ILS ONT LE SENS DE L'HUMOUR...
ALERTE ! ATTAQUE AÉRIENNE !
?
REPLIEZ LES VOILES ET PRÉPAREZ-MOI LE CANON HARPON !
J'AVAIS JUSTEMENT BESOIN DE ME PASSER LES NERFS !
ON NE DISTINGUE RIEN D'ICI... IL FAUT NOUS RAPPROCHER...
TOUT DE SUITE, CHEF ! À VOS ORDRES, CHEF !
11

DU VENT !
JE M'EN VAIS TE LE DESCENDRE, LE VOLATILE -
BON SANG, MAIS QU'EST-CE QU'IL SE PASSE ENCORE ?!
ONCLE GRANITE
?
MAY ?
ATTENDEZ, CAPITAINE ! JE CROIS QUE C'EST UN MESSAGER ROYAL !
ET APRÈS ?! ÉCARTE-TOI DONC DE LÀ SI TU NE VEUX PAS QUE JE T'AÈRE LES TRIPES !
TLAK
TLAK
OH MON DIEU ... NON -
APPROCHE UN PEU PAR LÀ, MON POULET ...
AAAAAA
?
KRAK
12

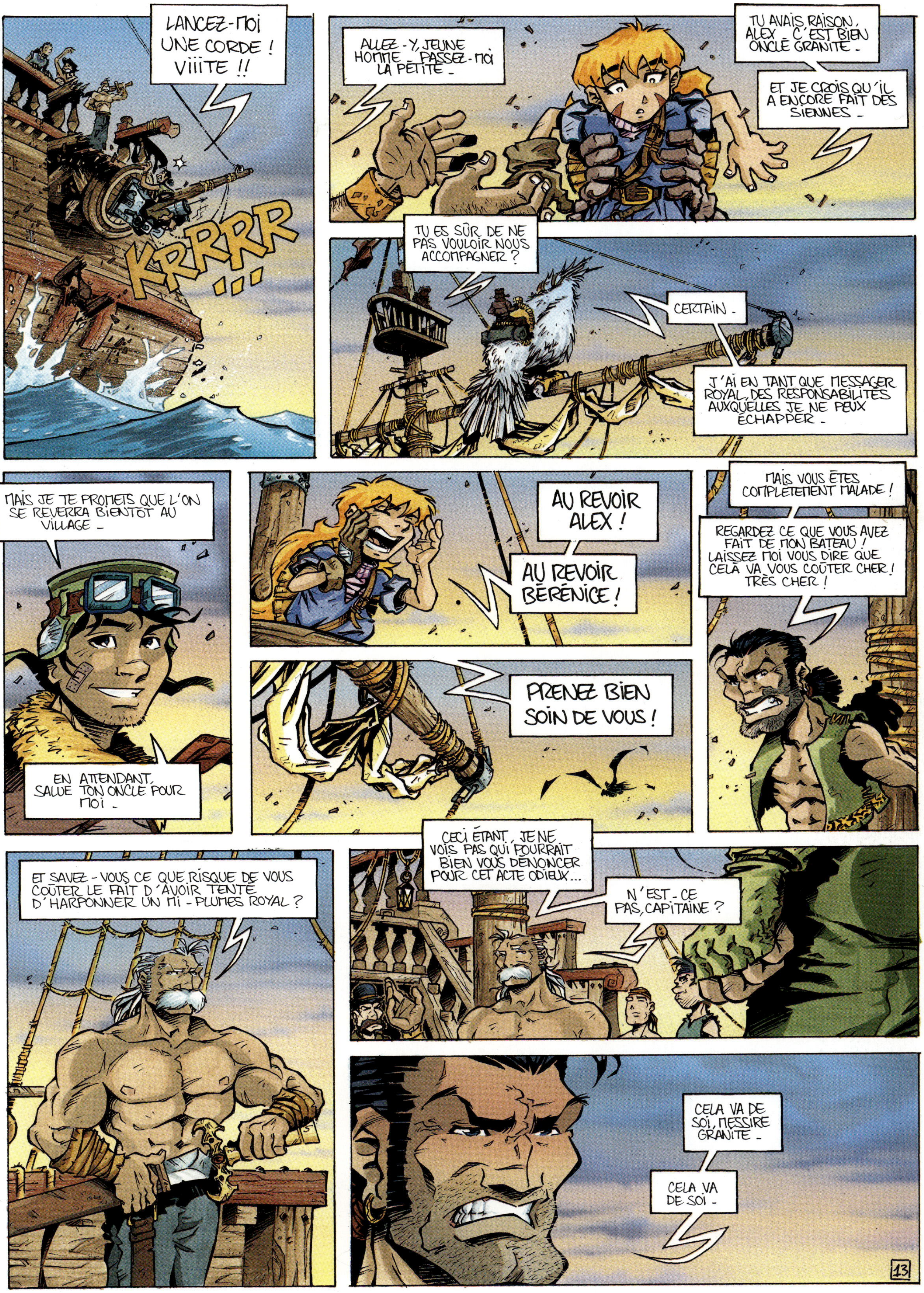

LANCEZ-MOI UNE CORDE ! VIIITE !!
KRRRR !!!
ALLEZ-Y, JEUNE HOMME. PASSEZ-MOI LA PETITE.
TU AVAIS RAISON, ALEX. C'EST BIEN ONCLE GRANITE.
ET JE CROIS QU'IL A ENCORE FAIT DES SIENNES.
TU ES SÛR DE NE PAS VOULOIR NOUS ACCOMPAGNER ?
CERTAIN.
J'AI EN TANT QUE MESSAGER ROYAL, DES RESPONSABILITÉS AUXQUELLES JE NE PEUX ÉCHAPPER.
MAIS JE TE PROMETS QUE L'ON SE REVERRA BIENTÔT AU VILLAGE.
EN ATTENDANT, SALUE TON ONCLE POUR MOI.
AU REVOIR ALEX !
AU REVOIR BÉRÉNICE !
PRENEZ BIEN SOIN DE VOUS !
MAIS VOUS ÊTES COMPLÈTEMENT MALADE !
REGARDEZ CE QUE VOUS AVEZ FAIT DE MON BATEAU ! LAISSEZ MOI VOUS DIRE QUE CELA VA VOUS COÛTER CHER ! TRÈS CHER !
ET SAVEZ-VOUS CE QUE RISQUE DE VOUS COÛTER LE FAIT D'AVOIR TENTÉ D'HARPONNER UN MI-PLUMES ROYAL ?
CECI ÉTANT, JE NE VOIS PAS QUI POURRAIT BIEN VOUS DÉNONCER POUR CET ACTE ODIEUX...
N'EST-CE PAS, CAPITAINE ?
CELA VA DE SOI, MESSIRE GRANITE.
CELA VA DE SOI.
13

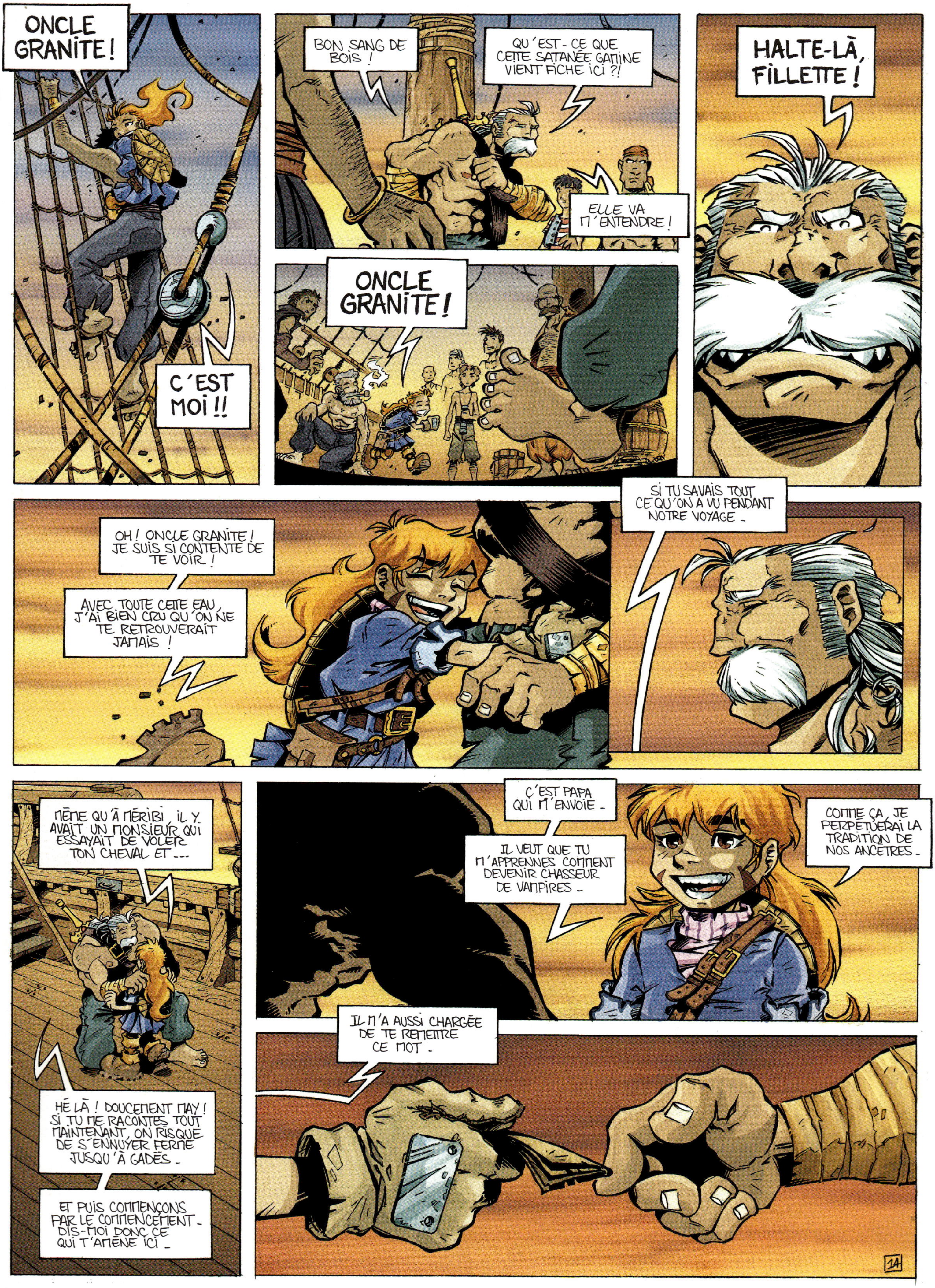
ONCLE GRANITE !
C'EST MOI !!
BON SANG DE BOIS !
QU'EST-CE QUE CETTE SATANÉE GAMINE VIENT FICHE ICI ?!
ELLE VA M'ENTENDRE !
ONCLE GRANITE !
HALTE-LÀ, FILLETTE !
OH ! ONCLE GRANITE ! JE SUIS SI CONTENTE DE TE VOIR !
AVEC TOUTE CETTE EAU, J'AI BIEN CRU QU'ON NE TE RETROUVERAIT JAMAIS !
SI TU SAVAIS TOUT CE QU'ON A VU PENDANT NOTRE VOYAGE...
MÊME QU'À MÉRIBI, IL Y AVAIT UN MONSIEUR QUI ESSAYAIT DE VOLER TON CHEVAL ET...
HÉ LÀ ! DOUCEMENT MAY ! SI TU ME RACONTES TOUT MAINTENANT, ON RISQUE DE S'ENNUYER FERME JUSQU'À GADÈS...
ET PUIS COMMENÇONS PAR LE COMMENCEMENT... DIS-MOI DONC CE QUI T'AMÈNE ICI...
C'EST PAPA QUI M'ENVOIE...
IL VEUT QUE TU M'APPRENNES COMMENT DEVENIR CHASSEUR DE VAMPIRES...
COMME ÇA, JE PERPÉTUERAI LA TRADITION DE NOS ANCÊTRES...
IL M'A AUSSI CHARGÉE DE TE REMETTRE CE MOT...

...
SANG NOIR
DIS, ÇA VEUT DIRE QUOI "SANG NOIR" ?
C'EST LE SIGNE DE LA TRANSFORMATION... LE PREMIER SYMPTÔME. LA MORT DU CORPS AVANT LE PASSAGE À L'ÉTAT VAMPIRIQUE.
UN JOUR TU COMPRENDRAS CES PAROLES.
...
AINSI, TU SOUHAITES DEVENIR CHASSEUR DE VAMPIRES.
OUI. COMME TOI ET COMME PAPA.
TU N'ES PAS SANS SAVOIR QUE C'EST UNE VOIE DIFFICILE.
CELA EXIGE BEAUCOUP DE COURAGE ET DE VOLONTÉ.
JE SAIS. J'EN AURAI.
FORT BIEN. TU PEUX DONC PASSER LE TEST D'INITIATION.
SI TU LE RÉUSSIS SANS PLEURER, TU DEVIENDRAS MON ÉLÈVE ATTITRÉE.
PRÊTE ?

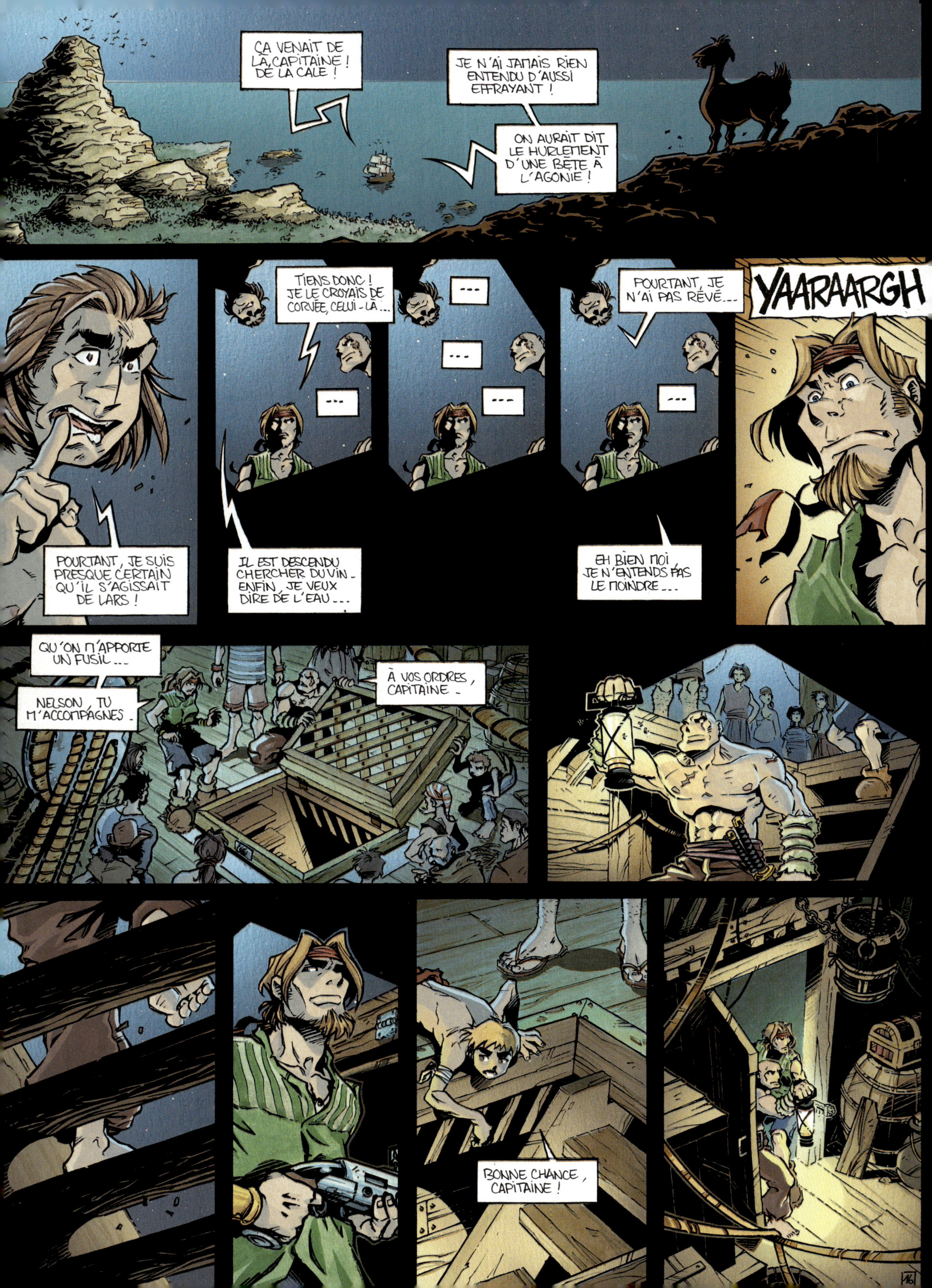
ÇA VENAIT DE LÀ, CAPITAINE ! DE LA CALE !
JE N'AI JAMAIS RIEN ENTENDU D'AUSSI EFFRAYANT !
ON AURAIT DIT LE HURLEMENT D'UNE BÊTE À L'AGONIE !
POURTANT, JE SUIS PRESQUE CERTAIN QU'IL S'AGISSAIT DE LARS !
TIENS DONC ! JE LE CROYAIS DE CORVÉE, CELUI-LÀ...
...
IL EST DESCENDU CHERCHER DU VIN... ENFIN, JE VEUX DIRE DE L'EAU...
...
...
...
POURTANT, JE N'AI PAS RÊVÉ...
...
EH BIEN MOI JE N'ENTENDS PAS LE MOINDRE...
YAARAARGH
QU'ON M'APPORTE UN FUSIL...
NELSON, TU M'ACCOMPAGNES.
À VOS ORDRES, CAPITAINE.
BONNE CHANCE, CAPITAINE !

IL Y A EU DU GRABUGE ICI, CAPITAINE.
SURTOUT RESTE BIEN SUR TES GARDES, NELSON.
LARS ?
LARS, TU ES LÀ ?
LES RATS SONT ANORMALEMENT AGITÉS.
ON DIRAIT QUE QUELQU'UN LES A EFFRAYÉS.
QUELQU'UN OU QUELQUE CHOSE...
PLOTCH
QU'EST-CE QUE C'EST QUE CETTE MERDE !
IL SEMBLERAIT QUE LES TRACES REMONTENT JUSQU'À...
CAPITAINE. À VOS PIEDS...
LE SANG EST ENCORE CHAUD.
OH MON DIEU ! LARS !
P... PITIÉ... AIDEZ-MOI...
JE VOUS EN SUPPLIE...
NE LES LAISSEZ PAS...
NOOON!!

LARS !
NE BOUGEZ PAS, CAPITAINE !
IL EST DÉJÀ TROP TARD POUR LUI.
REGARDEZ DONC AUTOUR DE NOUS.
QUOI ?
MAIS, QU'EST-CE QUE C'EST ?!
VAMPIRES.
SURTOUT, NE LES PROVOQUEZ PAS.
GRRRRR
IL EN ARRIVE DE PARTOUT !
S'ILS PARVIENNENT À SORTIR DE LA CALE, C'EN EST FINI DE NOUS.
IL FAUT TENTER DE LES RALENTIR.
N'Y PENSEZ MÊME PAS.
REVENIR SUR NOS PAS EST NOTRE SEULE CHANCE.
ON PEUT PEUT-ÊTRE EN VENIR À BOUT, À NOUS DEUX.
PASSEZ-MOI VOTRE FUSIL, CAPITAINE.
À MON SIGNAL, VOUS COUREZ VERS LA SORTIE. MOI, JE ME CHARGE D'EUX.
MAIS...
VOTRE ARME, CAPITAINE ! VITE !
18

KACHAK
BLAM BLAM BL
BLAM BL BLAM...
MAINTENANT!
BLAM BLAM CLIC CLIC
ABANDONNERIEZ - VOUS VOTRE COMPAGNON, CAPITAINE ?
JE N'OSE LE CROIRE -
PRÉPAREZ - VOUS À REFERMER LA TRAPPE DERRIÈRE MOI !
?
SEIGNEUR, PARDONNEZ - NOUS NOS PÉCHÉS -

OÙ EST-IL, ALEX ?
PAR ICI, DANS LA GRANGE-
ETH...
ETHAN ?

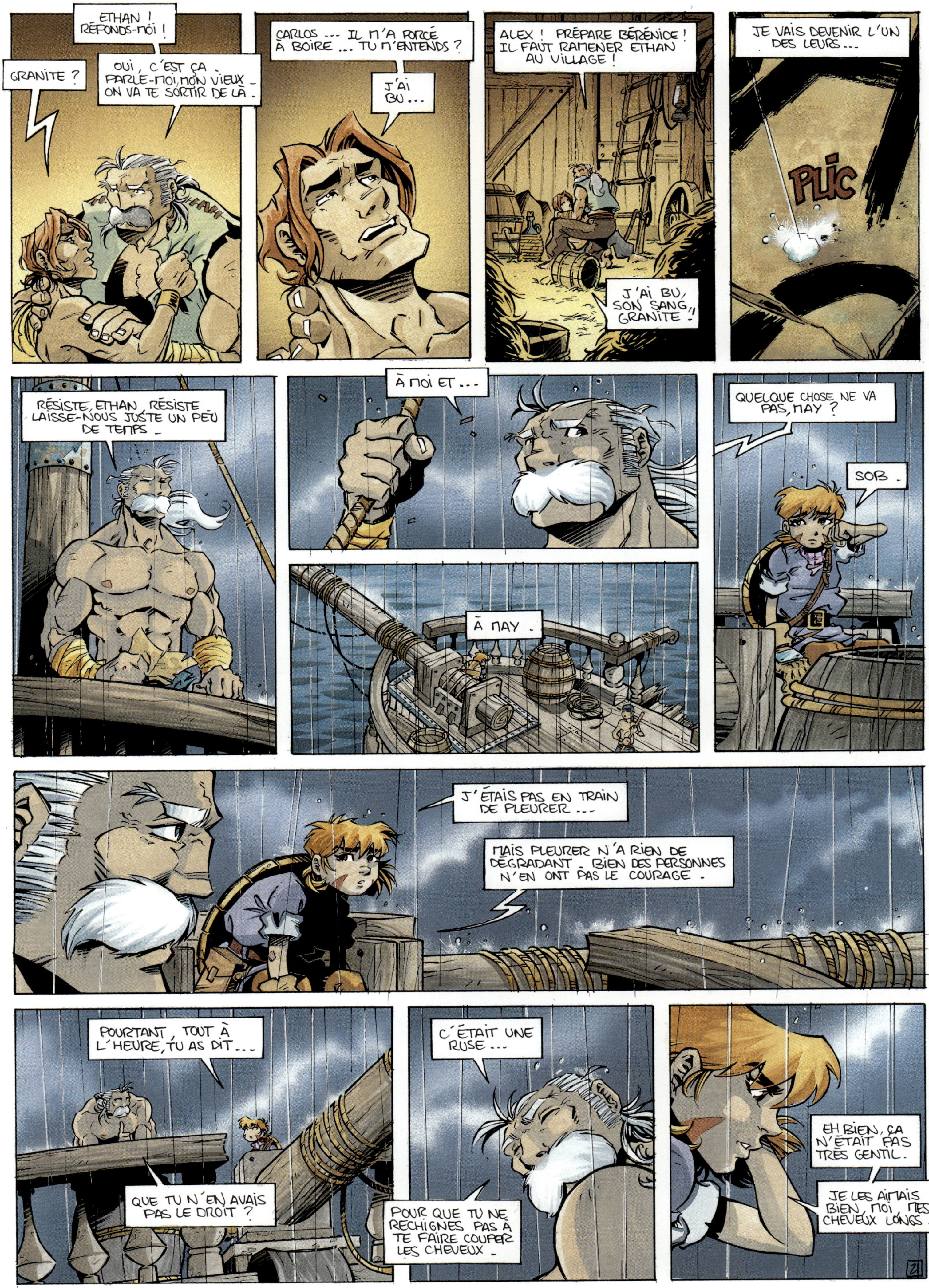
ETHAN ! RÉPONDS-MOI !
GRANITE ?
OUI, C'EST ÇA. PARLE-MOI, MON VIEUX. ON VA TE SORTIR DE LÀ.
CARLOS... IL M'A FORCÉ À BOIRE... TU M'ENTENDS ?
J'AI BU...
ALEX ! PRÉPARE BÉRÉNICE ! IL FAUT RAMENER ETHAN AU VILLAGE !
J'AI BU, SON SANG, GRANITE !!
JE VAIS DEVENIR L'UN DES LEURS...
PLIC
RÉSISTE, ETHAN, RÉSISTE. LAISSE-NOUS JUSTE UN PEU DE TEMPS.
À MOI ET...
À MAY.
QUELQUE CHOSE NE VA PAS, MAY ?
SOB.
J'ÉTAIS PAS EN TRAIN DE PLEURER...
MAIS PLEURER N'A RIEN DE DÉGRADANT. BIEN DES PERSONNES N'EN ONT PAS LE COURAGE.
POURTANT, TOUT À L'HEURE, TU AS DIT...
QUE TU N'EN AVAIS PAS LE DROIT ?
C'ÉTAIT UNE RUSE...
POUR QUE TU NE RECHIGNES PAS À TE FAIRE COUPER LES CHEVEUX.
EH BIEN, ÇA N'ÉTAIT PAS TRÈS GENTIL.
JE LES AIMAIS BIEN, MOI, MES CHEVEUX LONGS.

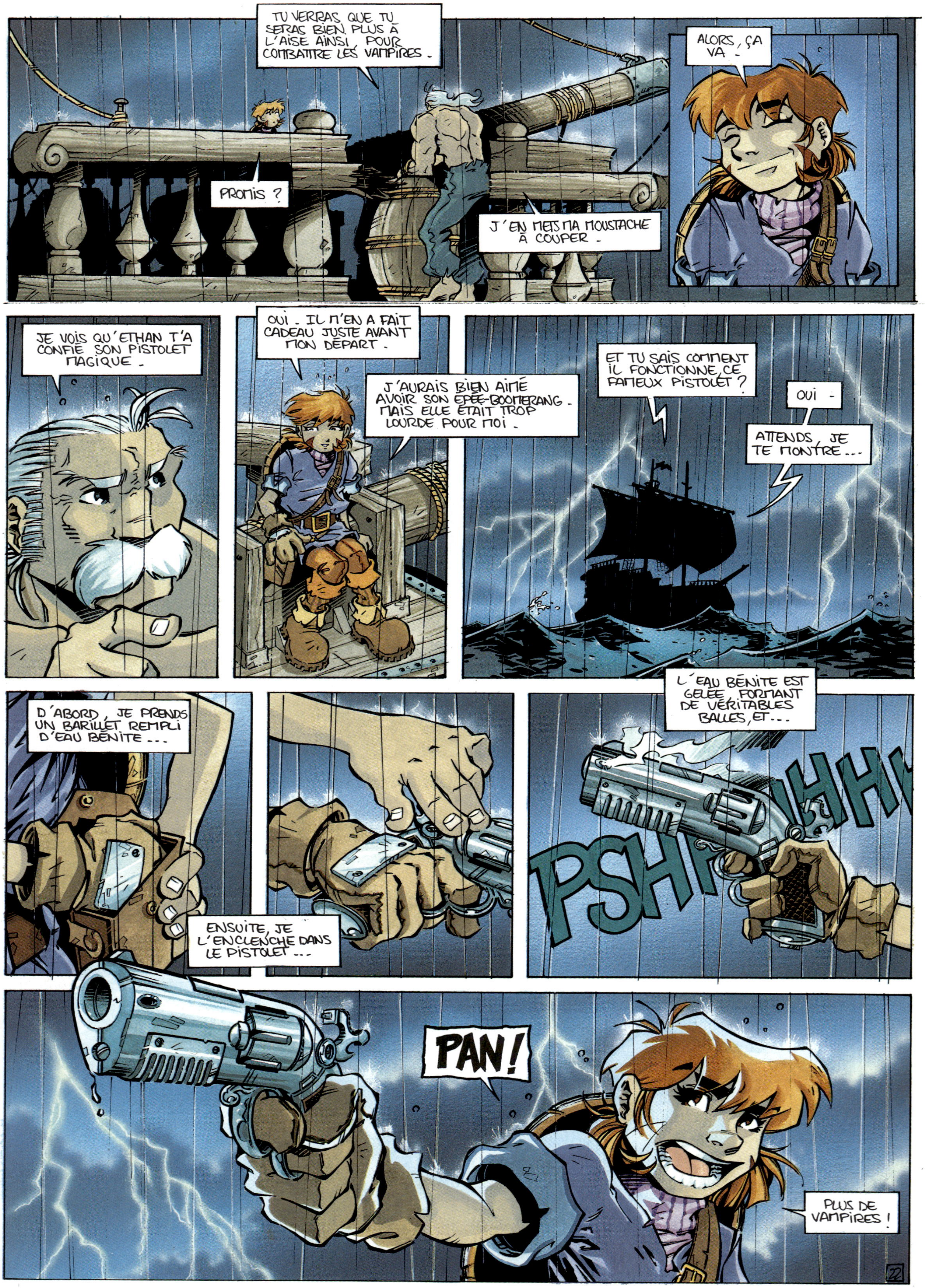
TU VERRAS QUE TU SERAS BIEN. PLUS À L'AISE AINSI, POUR COMBATTRE LES VAMPIRES.
PROMIS ?
J'EN METS MA MOUSTACHE À COUPER.
ALORS, ÇA VA ?
JE VOIS QU'ETHAN T'A CONFIÉ SON PISTOLET MAGIQUE.
OUI. IL M'EN A FAIT CADEAU JUSTE AVANT MON DÉPART.
J'AURAIS BIEN AIMÉ AVOIR SON ÉPÉE-BOOMERANG. MAIS ELLE ÉTAIT TROP LOURDE POUR MOI.
ET TU SAIS COMMENT IL FONCTIONNE, CE FAMEUX PISTOLET ?
OUI.
ATTENDS, JE TE MONTRE...
D'ABORD, JE PRENDS UN BARILLET REMPLI D'EAU BÉNITE...
ENSUITE, JE L'ENCLENCHE DANS LE PISTOLET...
L'EAU BÉNITE EST GELÉE, FORMANT DE VÉRITABLES BALLES, ET...
PSHHHHH
PAN!
PLUS DE VAMPIRES !

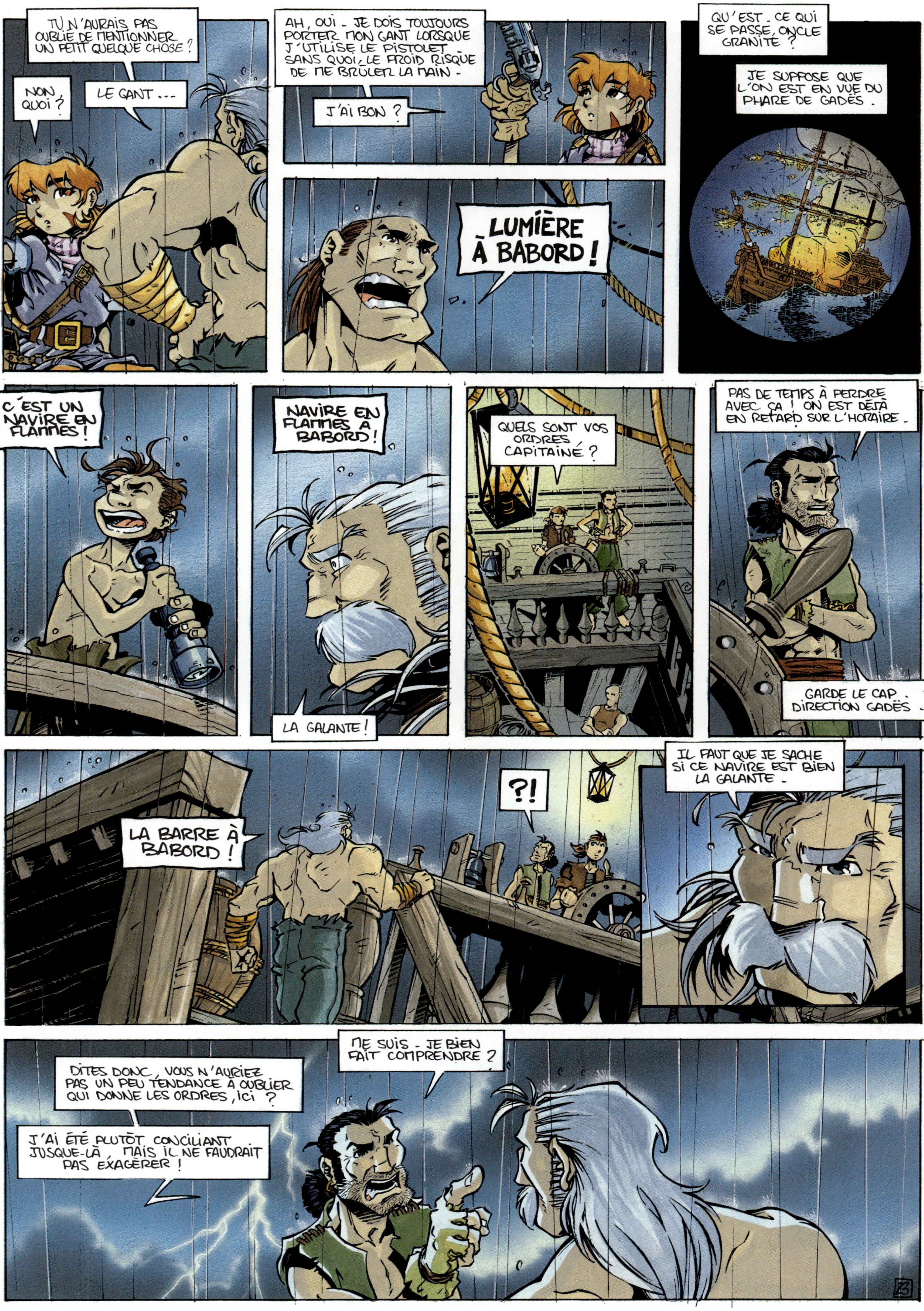
TU N'AURAIS PAS OUBLIÉ DE MENTIONNER UN PETIT QUELQUE CHOSE ?
NON, QUOI ?
LE GANT...
AH, OUI - JE DOIS TOUJOURS PORTER MON GANT LORSQUE J'UTILISE LE PISTOLET SANS QUOI, LE FROID RISQUE DE ME BRÛLER LA MAIN -
J'AI BON ?
LUMIÈRE À BABORD !
QU'EST - CE QUI SE PASSE, ONCLE GRANITE ?
JE SUPPOSE QUE L'ON EST EN VUE DU PHARE DE GADÈS .
C'EST UN NAVIRE EN FLAMMES !
NAVIRE EN FLAMMES À BABORD !
LA GALANTE !
QUELS SONT VOS ORDRES CAPITAINE ?
PAS DE TEMPS À PERDRE AVEC ÇA ! ON EST DÉJÀ EN RETARD SUR L'HORAIRE .
GARDE LE CAP . DIRECTION GADÈS .
LA BARRE À BABORD !
?!
IL FAUT QUE JE SACHE SI CE NAVIRE EST BIEN LA GALANTE .
ME SUIS - JE BIEN FAIT COMPRENDRE ?
DITES DONC, VOUS N'AURIEZ PAS UN PEU TENDANCE À OUBLIER QUI DONNE LES ORDRES, ICI ?
J'AI ÉTÉ PLUTÔT CONCILIANT JUSQUE-LÀ , MAIS IL NE FAUDRAIT PAS EXAGÉRER !

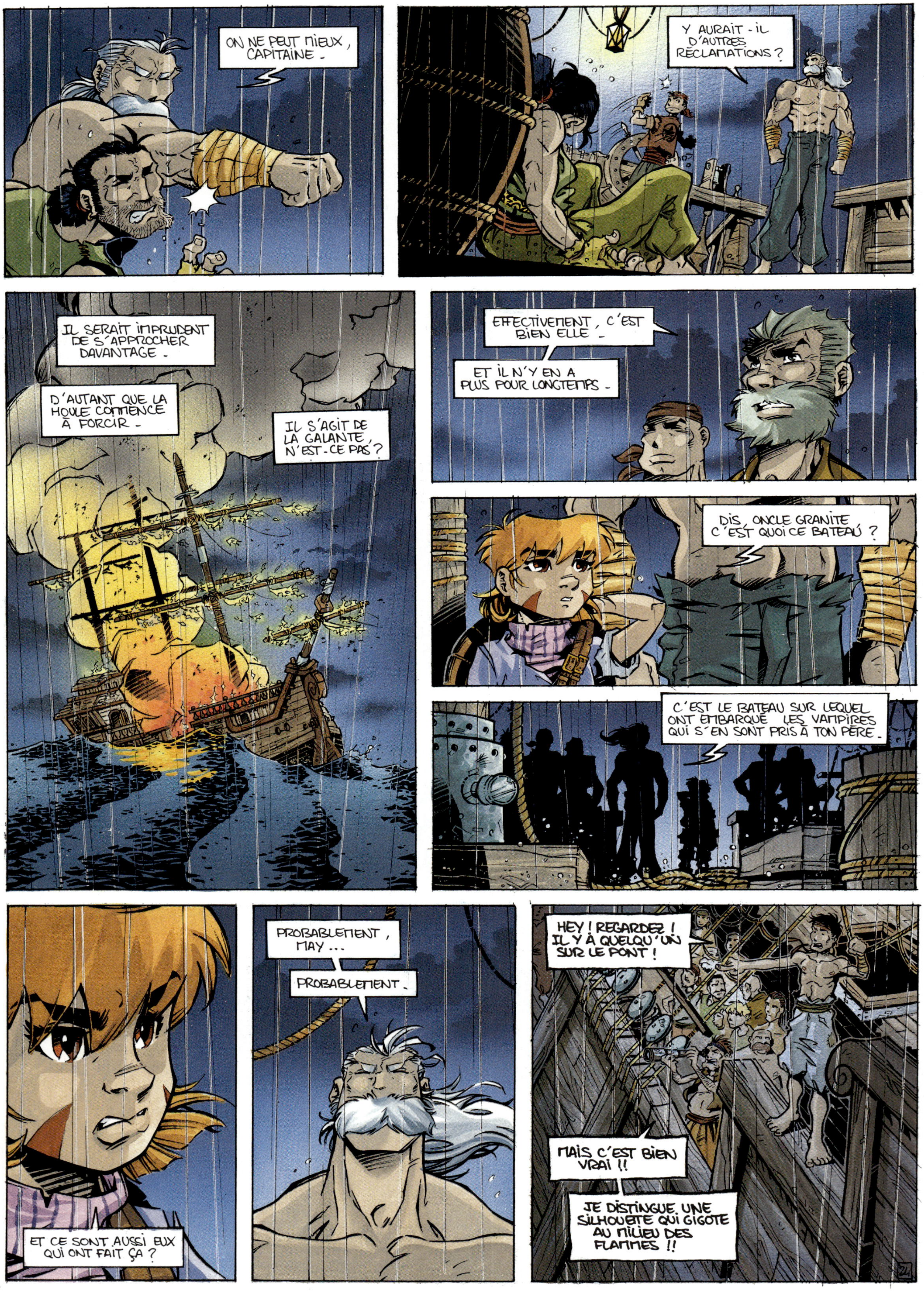
ON NE PEUT MIEUX, CAPITAINE.
Y AURAIT-IL D'AUTRES RÉCLAMATIONS ?
IL SERAIT IMPRUDENT DE S'APPROCHER DAVANTAGE.
D'AUTANT QUE LA HOULE COMMENCE À FORCIR.
IL S'AGIT DE LA GALANTE, N'EST-CE PAS ?
EFFECTIVEMENT, C'EST BIEN ELLE.
ET IL N'Y EN A PLUS POUR LONGTEMPS.
DIS, ONCLE GRANITE C'EST QUOI CE BATEAU ?
C'EST LE BATEAU SUR LEQUEL ONT EMBARQUÉ LES VAMPIRES QUI S'EN SONT PRIS À TON PÈRE.
ET CE SONT AUSSI EUX QUI ONT FAIT ÇA ?
PROBABLEMENT, MAY...
PROBABLEMENT.
HEY ! REGARDEZ ! IL Y A QUELQU'UN SUR LE PONT !
MAIS C'EST BIEN VRAI !!
JE DISTINGUE UNE SILHOUETTE QUI GIGOTE AU MILIEU DES FLAMMES !!

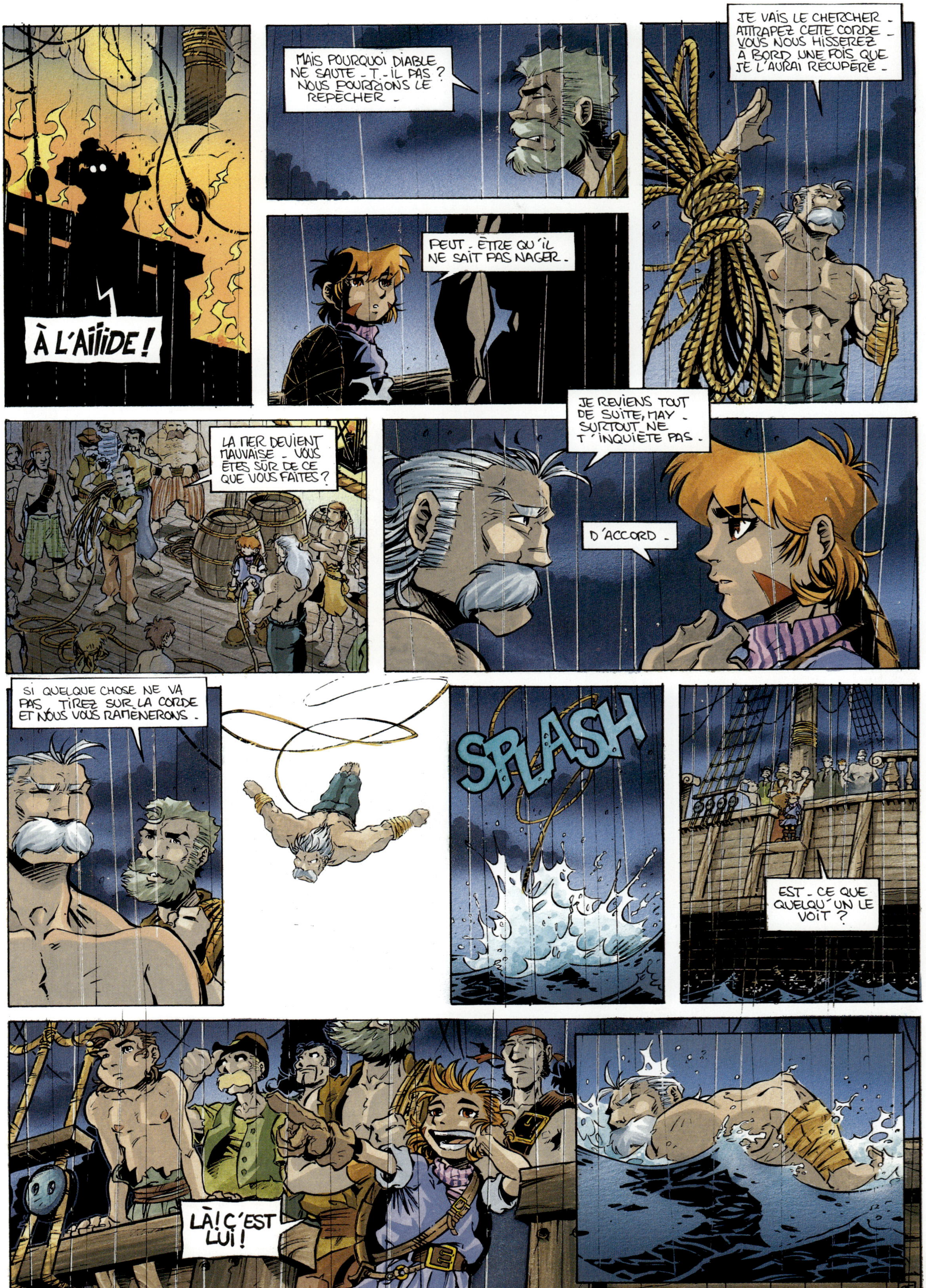

À L'AIIIDE !
MAIS POURQUOI DIABLE NE SAUTE-T-IL PAS ? NOUS POURRIONS LE REPÊCHER.
PEUT-ÊTRE QU'IL NE SAIT PAS NAGER.
JE VAIS LE CHERCHER. ATTRAPEZ CETTE CORDE. VOUS NOUS HISSEREZ À BORD UNE FOIS QUE JE L'AURAI RÉCUPÉRÉ.
LA MER DEVIENT MAUVAISE. VOUS ÊTES SÛR DE CE QUE VOUS FAITES ?
JE REVIENS TOUT DE SUITE, MAY. SURTOUT NE T'INQUIÈTE PAS.
D'ACCORD.
SI QUELQUE CHOSE NE VA PAS, TIREZ SUR LA CORDE ET NOUS VOUS RAMÈNERONS.
SPLASH
EST-CE QUE QUELQU'UN LE VOIT ?
LÀ ! C'EST LUI !

ÇA Y EST. IL EST À BORD.
À L'AIIIDE !
MAIS QU'EST-CE QUE CES BOROKS ATTENDENT POUR M'ENVOYER UNE CHALOUPE !
KRAK
OH NOOOOON...
ATTENTION !
KRAAAAK
26

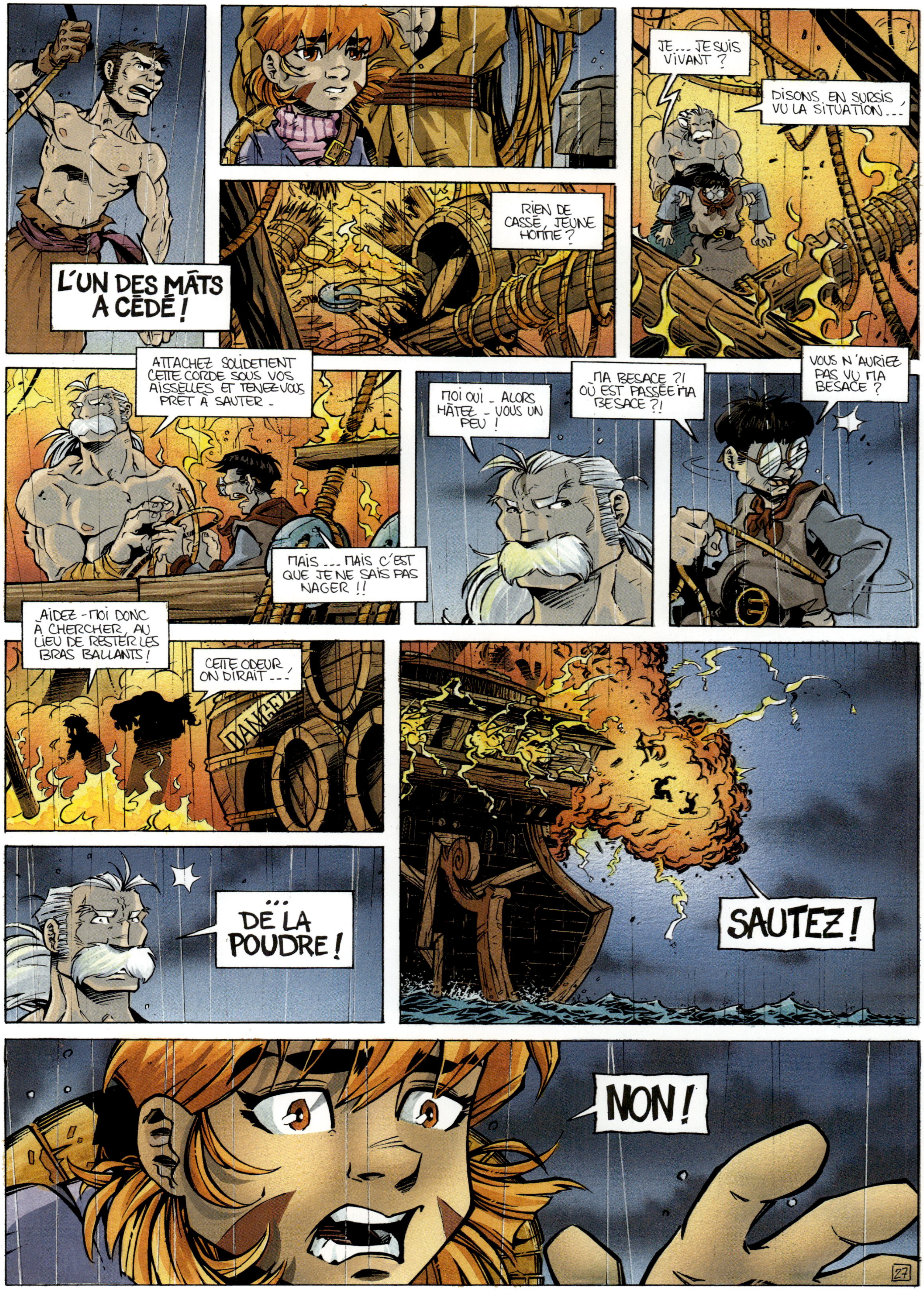
L'UN DES MÂTS A CÉDÉ !
RIEN DE CASSÉ, JEUNE HOMME ?
JE... JE SUIS VIVANT ?
DISONS EN SURSIS, VU LA SITUATION...
ATTACHEZ SOLIDEMENT CETTE CORDE SOUS VOS AISSELLES ET TENEZ-VOUS PRÊT À SAUTER.
MAIS... MAIS C'EST QUE JE NE SAIS PAS NAGER !!
MOI OUI. ALORS HÂTEZ-VOUS UN PEU !
MA BESACE ?! OÙ EST PASSÉE MA BESACE ?!
VOUS N'AURIEZ PAS VU MA BESACE ?
AIDEZ-MOI DONC À CHERCHER, AU LIEU DE RESTER LES BRAS BALLANTS !
CETTE ODEUR, ON DIRAIT...
... DE LA POUDRE !
SAUTEZ !
NON !

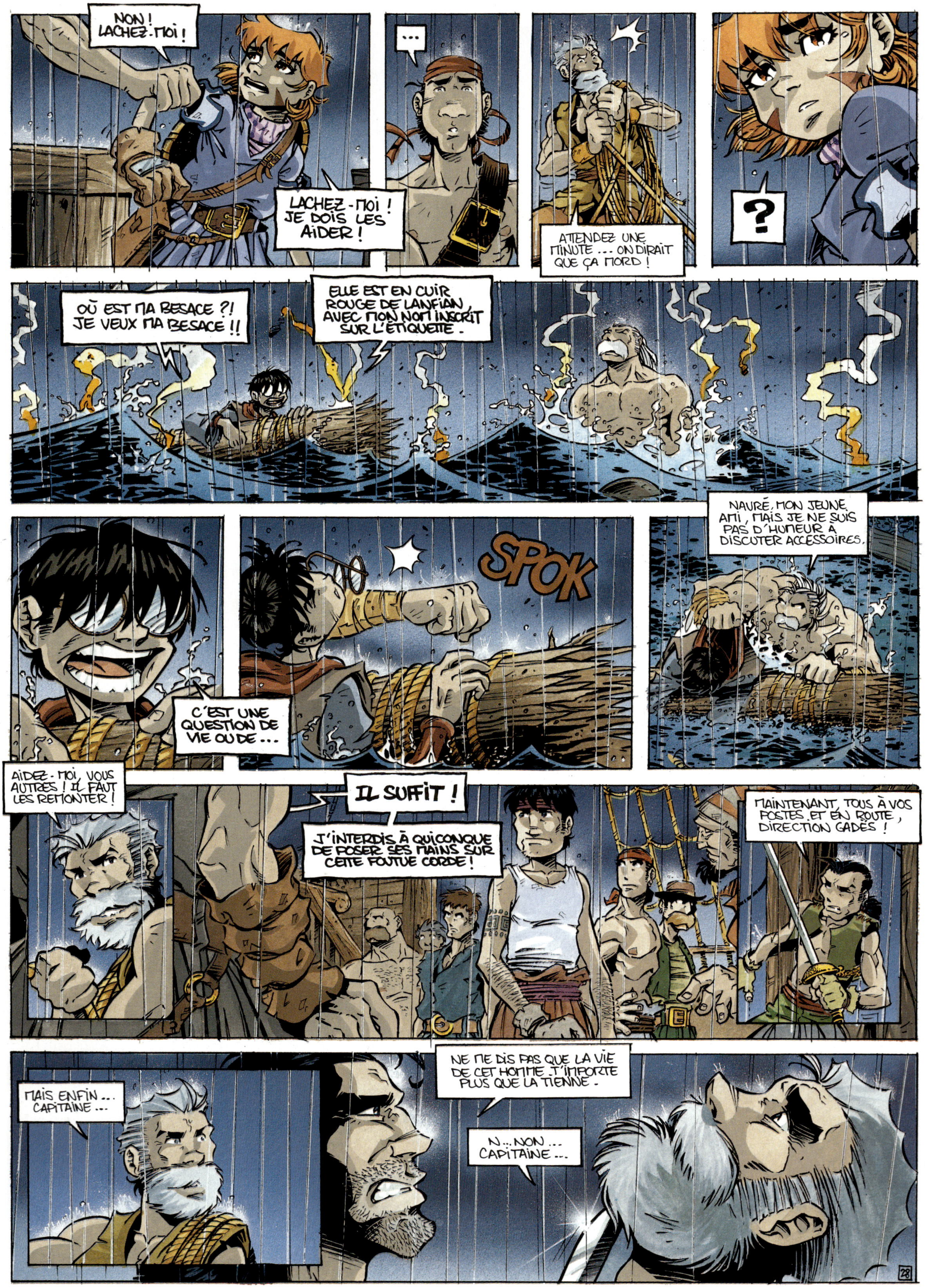
NON ! LACHEZ-MOI !
...
LACHEZ-MOI ! JE DOIS LES AIDER !
ATTENDEZ UNE MINUTE ... ON DIRAIT QUE ÇA MORD !
?
OÙ EST MA BESACE ?! JE VEUX MA BESACE !!
ELLE EST EN CUIR ROUGE DE LANFIAN, AVEC MON NOM INSCRIT SUR L'ÉTIQUETTE.
C'EST UNE QUESTION DE VIE OU DE ...
SPOK
NAVRÉ, MON JEUNE AMI, MAIS JE NE SUIS PAS D'HUMEUR À DISCUTER ACCESSOIRES.
AIDEZ-MOI, VOUS AUTRES ! IL FAUT LES REMONTER !
IL SUFFIT !
J'INTERDIS À QUICONQUE DE POSER SES MAINS SUR CETTE FOUTUE CORDE !
MAINTENANT, TOUS À VOS POSTES, ET EN ROUTE, DIRECTION GADÈS !
MAIS ENFIN ... CAPITAINE ...
NE ME DIS PAS QUE LA VIE DE CET HOMME T'IMPORTE PLUS QUE LA TIENNE.
N... NON ... CAPITAINE ...
28

BAISSEZ VOTRE SABRE ! ET DONNEZ L'ORDRE DE REMONTER MON ONCLE À BORD !
TOUT DE SUITE !
BON SANG, MAIS C'EST À CROIRE QU'ILS DORMENT, LÀ-HAUT !
MAIS QU'EST-CE QU'UNE SI GENTILLE PETITE FILLE COMME TOI, FAIT AVEC UNE SI VILAINE ARME, DIS-MOI ?
JE SUIS PAS UNE PETITE FILLE !
ET JE SUIS GENTILLE QU'AVEC LES GENS QUI LE SONT !
ALLONS, SOIS MIGNONNE ET DONNE-MOI CE PISTOLET.
JE TE PROMETS DE M'OCCUPER DE TON ONCLE.
AIE CONFIANCE...
D'ACCORD ! VOUS VOULEZ MON PISTOLET, ALORS ATTRAPEZ.
MA PAUVRE. TU N'ES QU'UNE PETITE SOTTE !
PAS SI SOTTE QUE ÇA...
PSCHHH
AAAAAAAHA...
MA MAIN !
ÇA BRÛLE !
VITE ! AIDEZ-MOI À SORTIR MON ONCLE DE L'EAU !
29

ET N'OUBLIE PAS DE DIRE À MAMAN QUE JE NE RENTRERAI PAS CE SOIR.
MAIS NON, SOEURETTE, J'OUBLIERAI PAS.
À DEMAIN.
CETTE MAUDITE FIÈVRE N'EST TOUJOURS PAS TOMBÉE.
GRANITE T'A-T'IL EXPLIQUÉ CE QU'IL ALLAIT ADVENIR DE MOI ?
...
OUI, IL TE L'A DIT...
TON REGARD NE SAURAIT MENTIR...
J'AI L'IMPRESSION QUE TES BLESSURES AUX BRAS SE SONT ROUVERTES. JE VAIS CHANGER TES BANDAGES.
TU NE M'ÉCOUTES PAS, GABRIELLA.
JE...
JE VEUX QUE TU T'EN AILLES.
NE DIS PAS ÇA, ETHAN. MA PLACE EST À TES CÔTÉS.
VA T'EN
...
DEHORS ! JE NE VEUX PLUS TE VOIR !
ET NE REVIENS PAS, TU M'ENTENDS !
NE REVIENS PAS !
PARDONNE-MOI, GABRIELLA.
CELA ME DÉCHIRE TOUT AUTANT QUE TOI, MAIS...
... C'EST POUR TON BIEN.
30

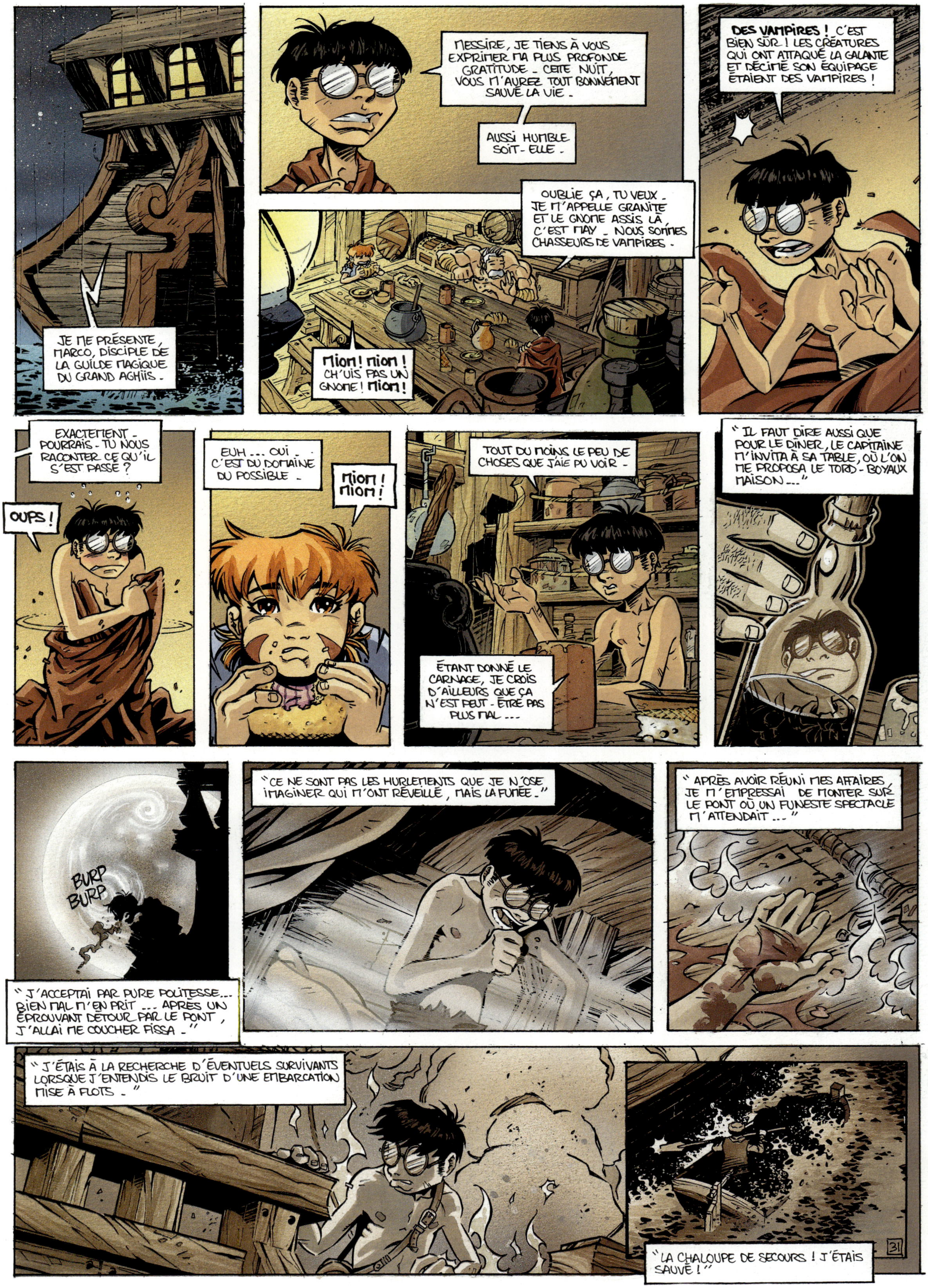
JE ME PRÉSENTE, MARCO, DISCIPLE DE LA GUILDE MAGIQUE DU GRAND AGHIIS.
MESSIRE, JE TIENS À VOUS EXPRIMER MA PLUS PROFONDE GRATITUDE. CETTE NUIT, VOUS M'AUREZ TOUT BONNEMENT SAUVÉ LA VIE.
AUSSI HUMBLE SOIT-ELLE.
OUBLIE ÇA, TU VEUX. JE M'APPELLE GRANITE ET LE GNOME ASSIS LÀ, C'EST MAY. NOUS SOMMES CHASSEURS DE VAMPIRES.
MIOM! MIOM! CH'UIS PAS UN GNOME! MIOM!
DES VAMPIRES! C'EST BIEN SÛR! LES CRÉATURES QUI ONT ATTAQUÉ LA GALANTE ET DÉCIMÉ SON ÉQUIPAGE ÉTAIENT DES VAMPIRES!
EXACTEMENT. POURRAIS-TU NOUS RACONTER CE QU'IL S'EST PASSÉ?
OUPS!
EUH... OUI. C'EST DU DOMAINE DU POSSIBLE.
MIOM! MIOM!
TOUT DU MOINS LE PEU DE CHOSES QUE J'AIE PU VOIR.
ÉTANT DONNÉ LE CARNAGE, JE CROIS D'AILLEURS QUE ÇA N'EST PEUT-ÊTRE PAS PLUS MAL...
"IL FAUT DIRE AUSSI QUE POUR LE DÎNER, LE CAPITAINE M'INVITA À SA TABLE, OÙ L'ON ME PROPOSA LE TORD-BOYAUX MAISON..."
BURP
BURP
"J'ACCEPTAI PAR PURE POLITESSE... BIEN MAL M'EN PRIT... APRÈS UN ÉPROUVANT DÉTOUR PAR LE PONT, J'ALLAI ME COUCHER FISSA."
"CE NE SONT PAS LES HURLEMENTS QUE JE N'OSE IMAGINER QUI M'ONT RÉVEILLÉ, MAIS LA FUMÉE."
"APRÈS AVOIR RÉUNI MES AFFAIRES, JE M'EMPRESSAI DE MONTER SUR LE PONT OÙ UN FUNESTE SPECTACLE M'ATTENDAIT..."
"J'ÉTAIS À LA RECHERCHE D'ÉVENTUELS SURVIVANTS LORSQUE J'ENTENDIS LE BRUIT D'UNE EMBARCATION MISE À FLOTS."
31
"LA CHALOUPE DE SECOURS! J'ÉTAIS SAUVÉ!"

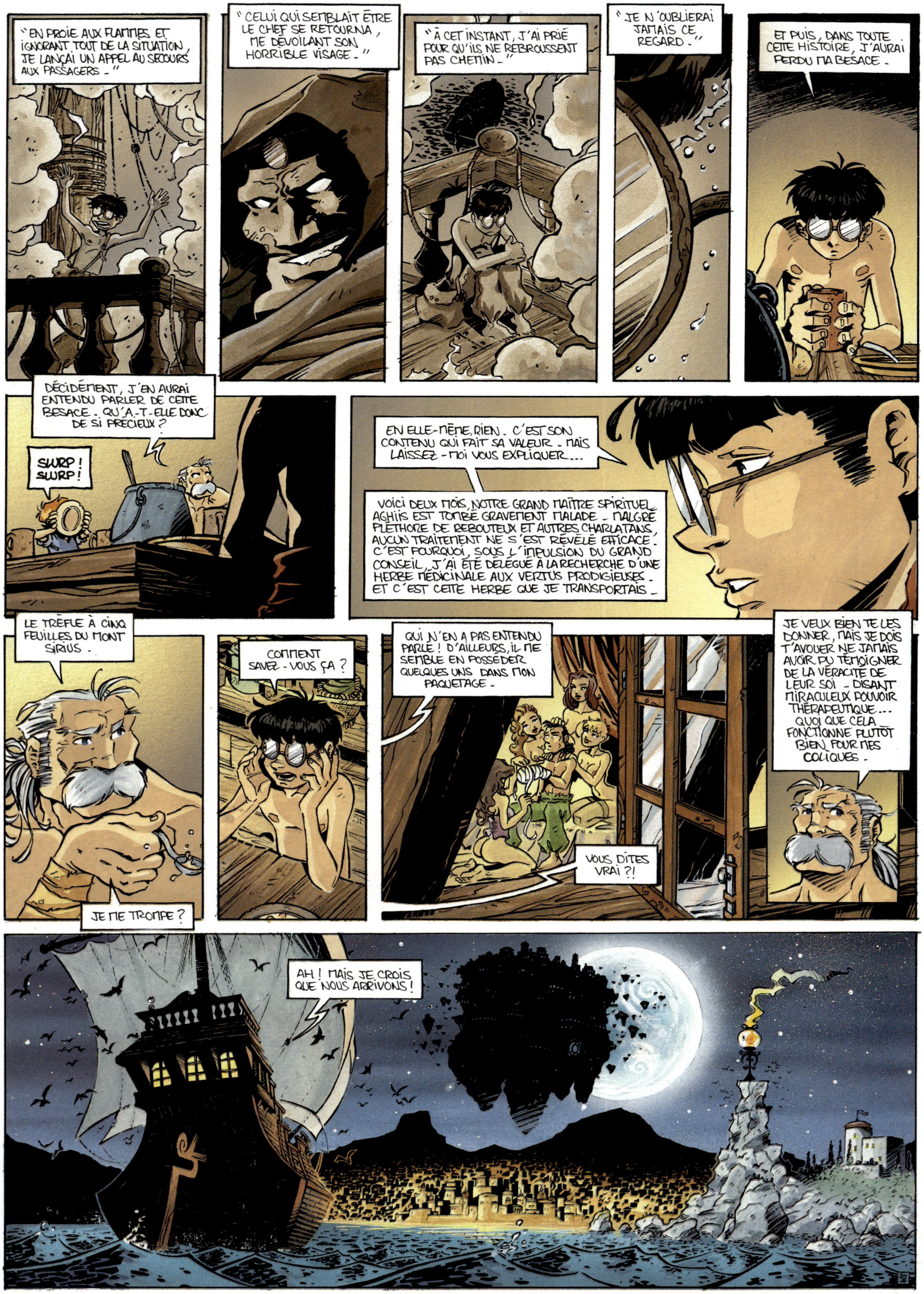
" EN PROIE AUX FLAMMES ET IGNORANT TOUT DE LA SITUATION, JE LANÇAI UN APPEL AU SECOURS AUX PASSAGERS - "
" CELUI QUI SEMBLAIT ÊTRE LE CHEF SE RETOURNA, ME DÉVOILANT SON HORRIBLE VISAGE - "
" À CET INSTANT, J'AI PRIÉ POUR QU'ILS NE REBROUSSENT PAS CHEMIN - "
" JE N'OUBLIERAI JAMAIS CE REGARD - "
ET PUIS, DANS TOUTE CETTE HISTOIRE, J'AURAI PERDU MA BESACE -
DÉCIDÉMENT, J'EN AURAI ENTENDU PARLER DE CETTE BESACE - QU'A-T-ELLE DONC DE SI PRÉCIEUX ?
SLURP ! SLURP !
EN ELLE-MÊME, RIEN - C'EST SON CONTENU QUI FAIT SA VALEUR - MAIS LAISSEZ-MOI VOUS EXPLIQUER...
VOICI DEUX MOIS, NOTRE GRAND MAÎTRE SPIRITUEL AGHIS EST TOMBÉ GRAVEMENT MALADE - MALGRÉ PLÉTHORE DE REBOUTEUX ET AUTRES CHARLATANS, AUCUN TRAITEMENT NE S'EST RÉVÉLÉ EFFICACE - C'EST POURQUOI, SOUS L'IMPULSION DU GRAND CONSEIL, J'AI ÉTÉ DÉLÉGUÉ À LA RECHERCHE D'UNE HERBE MÉDICINALE AUX VERTUS PRODIGIEUSES - ET C'EST CETTE HERBE QUE JE TRANSPORTAIS -
LE TRÈFLE À CINQ FEUILLES DU MONT SIRIUS -
JE ME TROMPE ?
COMMENT SAVEZ-VOUS ÇA ?
QUI N'EN A PAS ENTENDU PARLÉ ! D'AILLEURS, IL ME SEMBLE EN POSSÉDER QUELQUES UNS DANS MON PAQUETAGE -
VOUS DITES VRAI ?!
JE VEUX BIEN TE LES DONNER, MAIS JE DOIS T'AVOUER NE JAMAIS AVOIR PU TÉMOIGNER DE LA VÉRACITÉ DE LEUR SOI-DISANT MIRACULEUX POUVOIR THÉRAPEUTIQUE... QUOI QUE CELA FONCTIONNE PLUTÔT BIEN POUR MES COLIQUES -
AH ! MAIS JE CROIS QUE NOUS ARRIVONS !

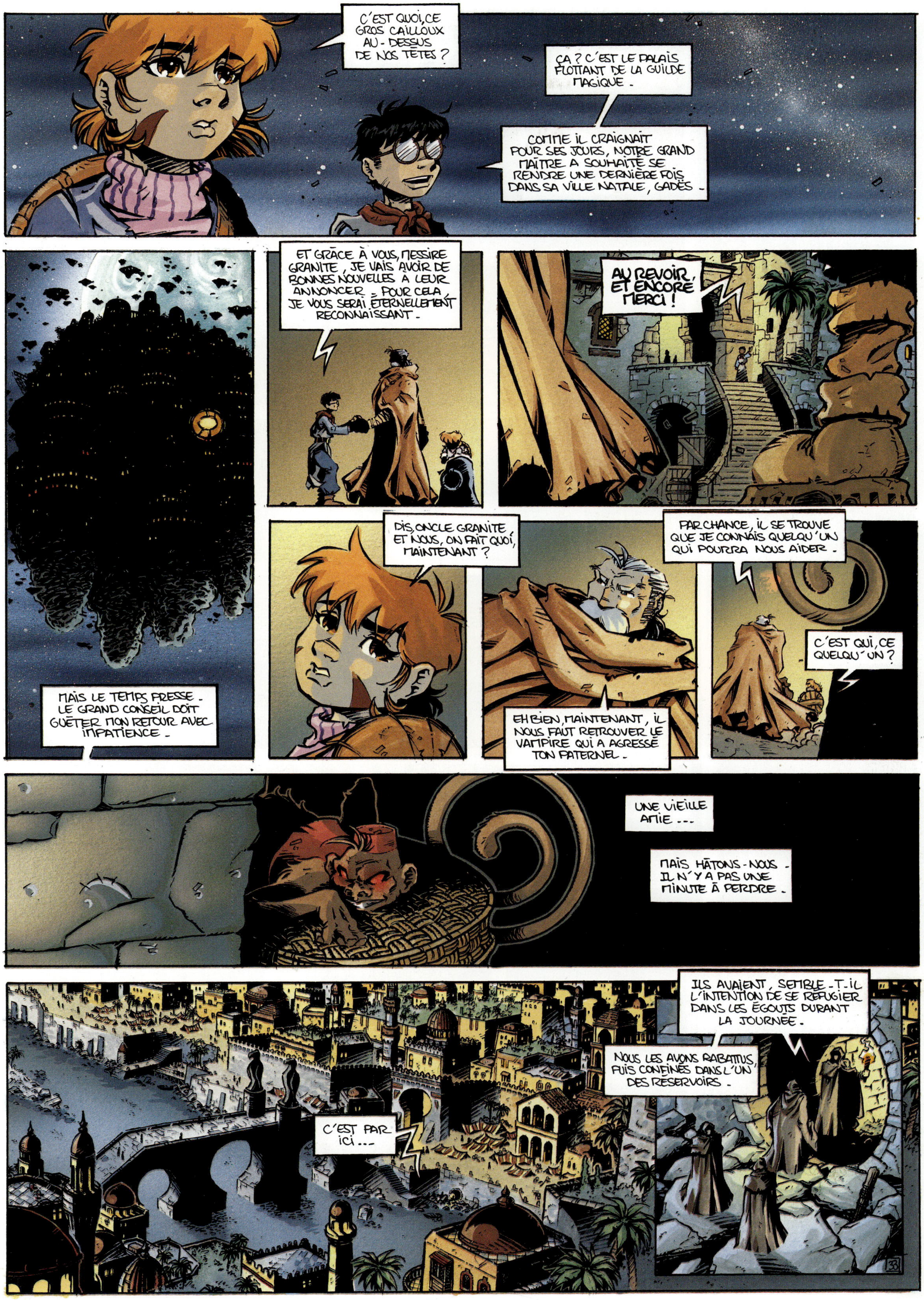
C'EST QUOI, CE GROS CAILLOUX AU-DESSUS DE NOS TÊTES ?
ÇA ? C'EST LE PALAIS FLOTTANT DE LA GUILDE MAGIQUE.
COMME IL CRAIGNAIT POUR SES JOURS, NOTRE GRAND MAÎTRE A SOUHAITÉ SE RENDRE UNE DERNIÈRE FOIS DANS SA VILLE NATALE, GADÈS.
MAIS LE TEMPS PRESSE. LE GRAND CONSEIL DOIT GUÊTER MON RETOUR AVEC IMPATIENCE.
ET GRÂCE À VOUS, MESSIRE GRANITE, JE VAIS AVOIR DE BONNES NOUVELLES À LEUR ANNONCER. POUR CELA, JE VOUS SERAI ÉTERNELLEMENT RECONNAISSANT.
AU REVOIR, ET ENCORE MERCI !
DIS, ONCLE GRANITE, ET NOUS, ON FAIT QUOI, MAINTENANT ?
EH BIEN, MAINTENANT, IL NOUS FAUT RETROUVER LE VAMPIRE QUI A AGRESSÉ TON PATERNEL.
PAR CHANCE, IL SE TROUVE QUE JE CONNAIS QUELQU'UN QUI POURRA NOUS AIDER.
C'EST QUI, CE QUELQU'UN ?
UNE VIEILLE AMIE...
MAIS HÂTONS-NOUS. IL N'Y A PAS UNE MINUTE À PERDRE.
C'EST PAR ICI...
ILS AVAIENT, SEMBLE-T-IL L'INTENTION DE SE RÉFUGIER DANS LES ÉGOUTS DURANT LA JOURNÉE.
NOUS LES AVONS RABATTUS PUIS CONFINÉS DANS L'UN DES RÉSERVOIRS.

PRENEZ GARDE, SURTOUT - L'UN D'ENTRE EUX A DÉJÀ TENTÉ D'ENFONCER LA GRILLE -
JE RECONNAÎTRAIS CETTE ODEUR ENTRE MILLE -
VOILÀ DES SIÈCLES QUE L'ON NE S'ÉTAIT VUS ...
... CARLOS -
LAISSE-NOUS PARTIR, CORGAN -
JE TE LE DEMANDE -
JE CONSTATE QUE TU SAIS TOUJOURS AUSSI BIEN T'ENTOURER -
IL N'Y A PAS PLUS FIDÈLES COMPAGNONS -
LIBÈRE-NOUS, ET LA NUIT PROCHAINE, NOUS SERONS DÉJÀ LOIN -
L'EXISTENCE DE CES BATARDS EST UNE INJURE POUR NOTRE ESPÈCE - ET JE PRENDS LEUR PRÉSENCE EN CETTE VILLE COMME UN AFFRONT PERSONNEL QUI FAIT QU'À MES YEUX TU NE VAUX PAS MIEUX QU'EUX !
CES CRÉATURES SONT LE FRUIT DE NOTRE ORGUEIL - EST-CE POUR CELA QUE TU LES MÉPRISES TANT ?
MAIS PEUT-ÊTRE EN AS-TU TOI-MÊME ENGENDRÉ ?
J'EN AI SUFFISAMMENT ENTENDU - QUI PLUS EST, DES AFFAIRES BIEN PLUS IMPORTANTES M'ATTENDENT EN HAUTS LIEUX ...
VEILLEZ À CE QUE LA LUMIÈRE DU JOUR ENTRAÎNE LEUR TRÉPAS -
BIEN, SEIGNEUR CORGAN -
IIIIIK! IIIIIK!
IIIIKII!
QUOI ?!
IIIIIIIK! IIIIKII!
NON ! ATTENDS ! J'AI UNE PROPOSITION À TE FAIRE !
LIBÈRE-NOUS ET JE T'OFFRE LA TÊTE DE GRANITE, LE TUEUR DE VAMPIRES !

CHEZ RAZAAD
SERS-MOI DE CE QUE TU SAIS, RAZAAD.
ET DANS UN GRAND VERRE, JE TE PRIE.
COMBIEN DE FOIS FAUDRA-T-IL QUE JE TE DEMANDE DE NE PAS POSER TES... AFFAIRES SUR MON COMPTOIR ?
ET QUITTER MON MAGOT DES YEUX ?
IL SE TROUVE QUE L'ON SERT À BOIRE ICI. PAS À MANGER.
J'ESPÈRE QUE TU PLAISANTES !
REMETS-MOI DONC LA MÊME CHOSE.
LICENCE
TU ES AU COURANT POUR L'ÉVASION DES FRÈRES STROMBOLI ?
WANTED
J'EN AI ENTENDU PARLER... MAIS NE ME DIS PAS QU'ILS SONT LÀ...
JUSTE DERRIÈRE TOI. ET ILS N'ONT PAS L'AIR CONTENT.
HEY ! L'ENCAPUCHÉ ! SALOPERIE DE CHASSEUR DE PRIMES ! J'AI DEUX MOTS À TE DIRE !
À CE QU'ON M'A DIT, T'AURAIS EU UN DÉMÊLÉ AVEC DEUX DE MES FRÈRES ?
DANS LE SAC...
QUOI, "DANS LE SAC" ? QU'EST-CE QU'IL A, CE SAC ?!
MOI JE TE CAUSE DE MES...
...FRANGINS ?!
TOMB !
35

ALORS, TU LA VOIS ?
LÀ OÙ IL Y A DE L'EFFERVESCENCE, MON AMIE DOLORES N'EST JAMAIS LOIN.
DESCENDONS EN SALLE.
JE NE CROIS PAS QUE PAPA APPRÉCIERAIT DE ME VOIR DANS UN TEL ENDROIT.
MAIS... MAIS... MAIS ON VA TE FAIRE LA PEAU !
VOICI VENUE L'HEURE DES COMPTES...
DANS LA FAMILLE STROMBOLI, J'AI DONC...
BLAM
DINO...
?!
PAOLO...
BLAM
ET FERNANDO
BLAM
SANS OUBLIER, BIEN SÛR, LEURS DEUX PETITS FRÈRES.
QUELLE RONDELETTE SOMME CELA NOUS FAIT-IL, MON CHER RAZAAD ?
ALORS, VOYONS VOIR... LA FAMILLE AU COMPLET, MOINS LES DIVERSES CHARGES, J'AJOUTE CINQ ET JE RETIENS UN, IL TE RESTE...
CE PETIT CALIBRE M'ÉTONNERA TOUJOURS !
POUR MA PART, C'EST TOI QUI M'ÉTONNERAS TOUJOURS.
?
36

BONSOIR, DOLORES. JE CONSTATE QUE TU N'AS RIEN PERDU DE TA REDOUTABLE EFFICACITÉ.
GRANITE ? C'EST BIEN TOI ?
VOILÀ FORT LONGTEMPS, N'EST-CE PAS ?
CONTENT DE TE REVOIR, GRANITE.
ÇA POUR UNE SURPRISE ! MAIS COMMENT VAS-TU ?
MA FOI, À PAR QUELQUES VIEUX RHUMATISMES, JE SUIS TOUJOURS D'APLOMB.
TU M'EN VOIS RAVIE.
EUH... ET TOI ? TU T'ES RECONVERTIE EN CHASSEUR DE PRIMES, C'EST ÇA ?
TIENS !
VOILÀ POUR T'ÊTRE ÉCLIPSÉ SANS DIRE AU REVOIR !
ET ÇA, C'EST POUR TOUTE LA PEINE QUE VOUS M'AVEZ FAITE !
SPOK !
À L'AUTRE, MAINTENANT !
MONTRE-TOI, ETHAN ! J'EN AI PAS ENCORE FINI AVEC VOUS DEUX !
SI C'EST POUR LE FRAPPER QUE TU VEUX VOIR MON PAPA, JE TE DIRAI PAS OÙ IL EST !
T'ES PAS UN VAMPIRE, AU MOINS ?
PARCE QUE SI T'EN ES UN...
JE PENSE AVOIR DROIT À QUELQUES EXPLICATIONS, GRANITE.
ET D'ABORD QU'EST-CE QUE CETTE GOSSE FICHE ICI ?
DU CALME. JE VAIS TOUT T'EXPLIQUER. JE SOUHAITERAIS JUSTE UN PEU D'INTIMITÉ. SI TU LE VEUX BIEN.
AH, TU VEUX DE L'INTIMITÉ...
39

TOUT LE MONDE DEHORS ! ON FERME !
ALLEZ CUVER VOTRE VIN AILLEURS, BANDE D'IVROGNES !
BLAM BLAM BLAM
TU VOULAIS DE L'INTIMITÉ, EH BIEN, EN VOILÀ !
MES CLIENTS...
À PRÉSENT, JE T'ÉCOUTE.
JE NE T'AURAIS JAMAIS APPRIS À TE BATTRE SI J'AVAIS SU QU'UN JOUR J'EN FERAIS LES FRAIS.
AVOUE QUE TU LE MÉRITAIS.
MAIS VIENS-EN AUX FAITS, JE TE PRIE.
RAZAAD, S'IL TE PLAÎT... POURRAIS-TU T'OCCUPER DE LA PETITE ?
ÉVIDEMMENT.
JE TE REMERCIE.
LA PAUVRE DEVRAIT ÊTRE COUCHÉE DEPUIS LONGTEMPS.
Z...
ALLEZ, GRIMPE SUR MON DOS. IL EST PLUS QUE L'HEURE POUR TOI D'ALLER AU LIT. JE VAIS TE PRÉPARER LA PLUS BELLE CHAMBRE DE L'AUBERGE.
MAIS J'AI PAS SOMMEIL, MOI... ET PUIS IL FAUT QUE JE SURVEILLE ONCLE GRANITE.
HEP! HEP! HEP! ON NE DISCUTE PAS, JEUNE FILLE.
C'EST PAS JUSTE.
VOICI DONC LA FILLE D'ETHAN.
QUEL EST SON NOM ?
ELLE S'APPELLE MAY.
SON PÈRE ME L'A CONFIÉE AFIN QU'ELLE LUI SUCCÈDE EN TANT QUE CHASSEUR DE VAMPIRES.
Z...
LUI SUCCÉDER ?
AUTREMENT DIT, IL EST ARRIVÉ QUELQUE CHOSE DE GRAVE À ETHAN...
38

DES VAMPIRES QUE L'ON POURCHASSAIT S'EN SONT PRIS À LUI.
ILS AURAIENT PU SE CONTENTER DE LE TUER, MAIS C'EST À CROIRE QUE CELA NE LEUR SUFFISAIT PAS.
L'UN D'ENTRE EUX L'A FORCÉ À BOIRE SON SANG, LE CONDAMNANT À DEVENIR VAMPIRE.
QUELLE IRONIE.
LA SEULE MANIÈRE DE SAUVER ETHAN CONSISTE À TUER CELUI QUI A OFFERT SON SANG, N'EST-CE PAS ?
ET CE, AVANT QUE LA TRANSFORMATION N'AIT EU LIEU.
EN EFFET. ET LE VAMPIRE RESPONSABLE EST ICI, À GADÈS.
TU ES LA SEULE PERSONNE QUI PUISSE M'AIDER À LE RETROUVER.
TU PEUX COMPTER SUR MOI.
DE COMBIEN DE TEMPS DISPOSONS-NOUS ?
EN PRINCIPE, LA TRANSFORMATION S'EFFECTUE LA NUIT SUIVANTE DE LA CONTAMINATION.
SOIT, CETTE NUIT-MÊME.
ET VOILÀ ! SITÔT DIT SITÔT FAIT ! LA PETITE EST DANS LES BRAS DE MORPHÉE.
DIS-MOI, RAZAAD, TU POSSÈDES TOUJOURS CETTE VIEILLE ARBALÈTE ?
HO ! HO ! IL Y EN A QUI N'ONT PAS INTÉRÊT À MONTRER LES CROCS, CETTE NUIT !
JE TE LA RAMÈNE TOUT DE SUITE.
MAY EST AU COURANT, POUR SON PÈRE ?
NON, PAS QUE JE SACHE.
ET J'ESPÈRE BIEN NE JAMAIS AVOIR À LUI APPRENDRE.
39

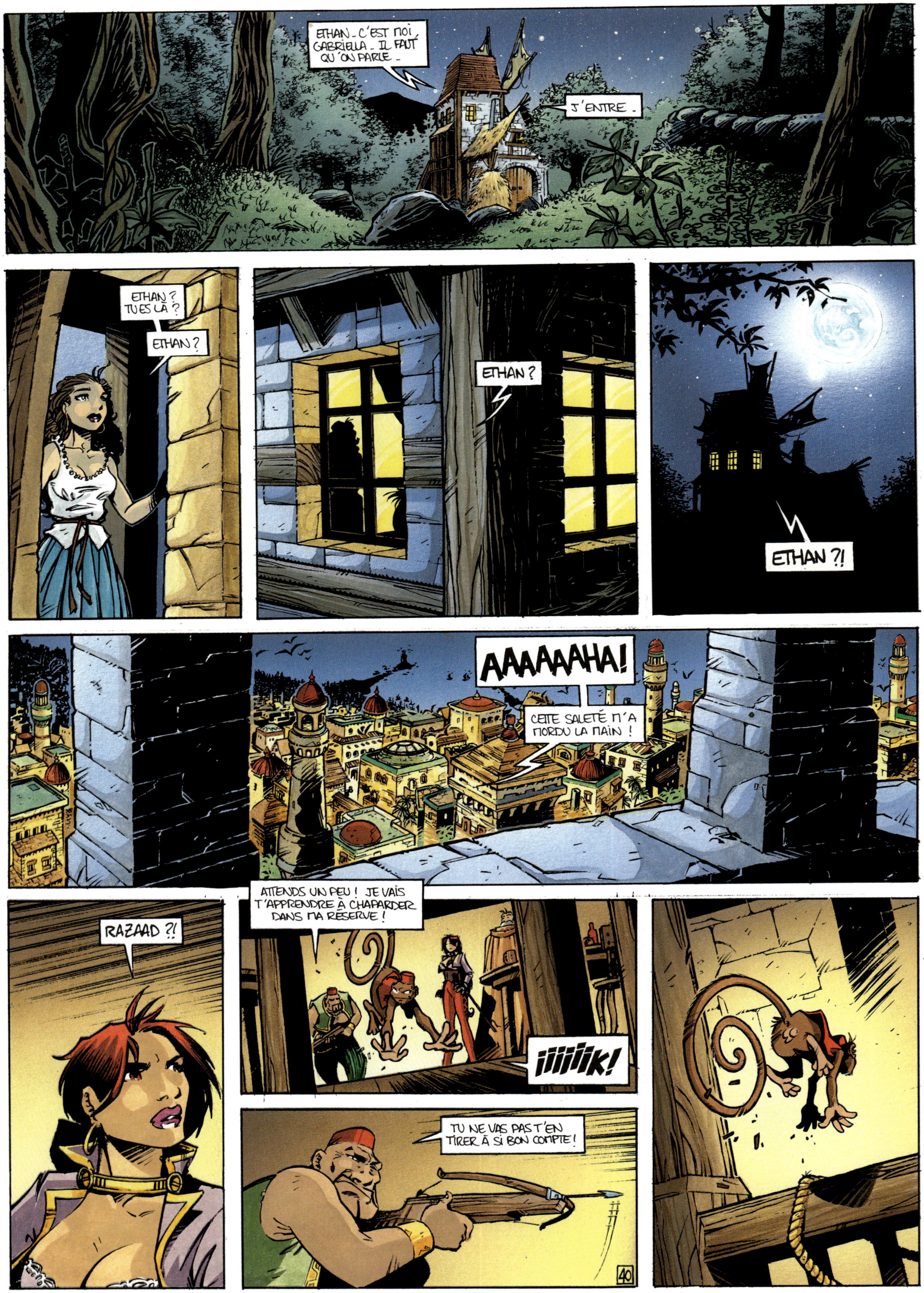
ETHAN - C'EST MOI GABRIELLA - IL FAUT QU'ON PARLE -
J'ENTRE -
ETHAN ? TU ES LÀ ?
ETHAN ?
ETHAN ?
ETHAN ?!
AAAAAAHA!
CETTE SALETÉ M'A MORDU LA MAIN !
RAZAAD ?!
ATTENDS UN PEU ! JE VAIS T'APPRENDRE À CHAPARDER DANS MA RÉSERVE !
¡¡¡¡¡¡K!
TU NE VAS PAS T'EN TIRER À SI BON COMPTE !
40

TCHAC
MANGE ÇA, LE MACAQUE !
QUE ...
EN VOILÀ DES FAÇONS D'ACCUEILLIR LES CLIENTS .
CARLOS !
EST - CE NOTRE VAMPIRE ?
CE GESTE EST D'AUTANT PLUS REGRETTABLE QUE MES COMPAGNONS ET MOI-MÊME SOMMES ...
... MORTS DE SOIF !
C'EST UN PIÈGE !!
MMMH ... QU'EST - CE QUE C'EST QUE CE BOUCAN ?
ONCLE GRANITE ?
41

JAMAIS JE NE SERAI L'UN DES LEURS.
PLUTÔT MOURIR !!
EUH ... JE SUIS CENSÉ FAIRE QUOI, DANS CETTE HISTOIRE ?
TIRE SUR TOUT CE QUI ESSAYE DE TE TUER.
QUAND CESSERAS-TU DE TE CACHER DERRIÈRE TES MONSTRES, CARLOS ?
ES-TU DONC SI LÂCHE, VAMPIRE ?
IL EST NATUREL POUR CES ... MONSTRES DE ME DÉFENDRE. JE SUIS EN QUELQUE SORTE LE CHEF DE MEUTE.
ET SANS MOI, ILS NE SONT RIEN.
PAS MÊME LEURS GÉNITEURS N'ONT D'ÉGARDS POUR CES PAUVRES DIABLES.
MAIS D'AILLEURS, QU'EN EST-IL DE MON NOUVEAU PROTÉGÉ ? A CETTE HEURE-CI, IL FAIT SÛREMENT PARTI DES NÔTRES. A MOINS DE S'ÊTRE DONNÉ LA MORT ...
POURRITURE ! APPROCHE DONC, ET LAISSE-MOI FAIRE D'UNE PIERRE DEUX COUPS ...
ET D'UNE, JE TE TRANCHE LE COUP, CE QUI SAUVE LA VIE D'ETHAN ...
ET DE DEUX, TES BATARDS SONT TELLEMENT PERTURBÉS DE VOIR LEUR MAÎTRE DÉCAPITÉ, QU'ILS DÉTALENT SANS DEMANDER LEUR RESTE. LÀ, JE NOUS SAUVE LA VIE À TOUS LES QUATRES.
42

COMMENT ÇA QUATRE ?!
ETHAN ?!
ETHAN ! DIEU MERCI, TU ES LÀ !
JE ME SUIS FAIT UN SANG D'ENCRE !
ETHAN ! DERRIÈRE-TOI !!
43

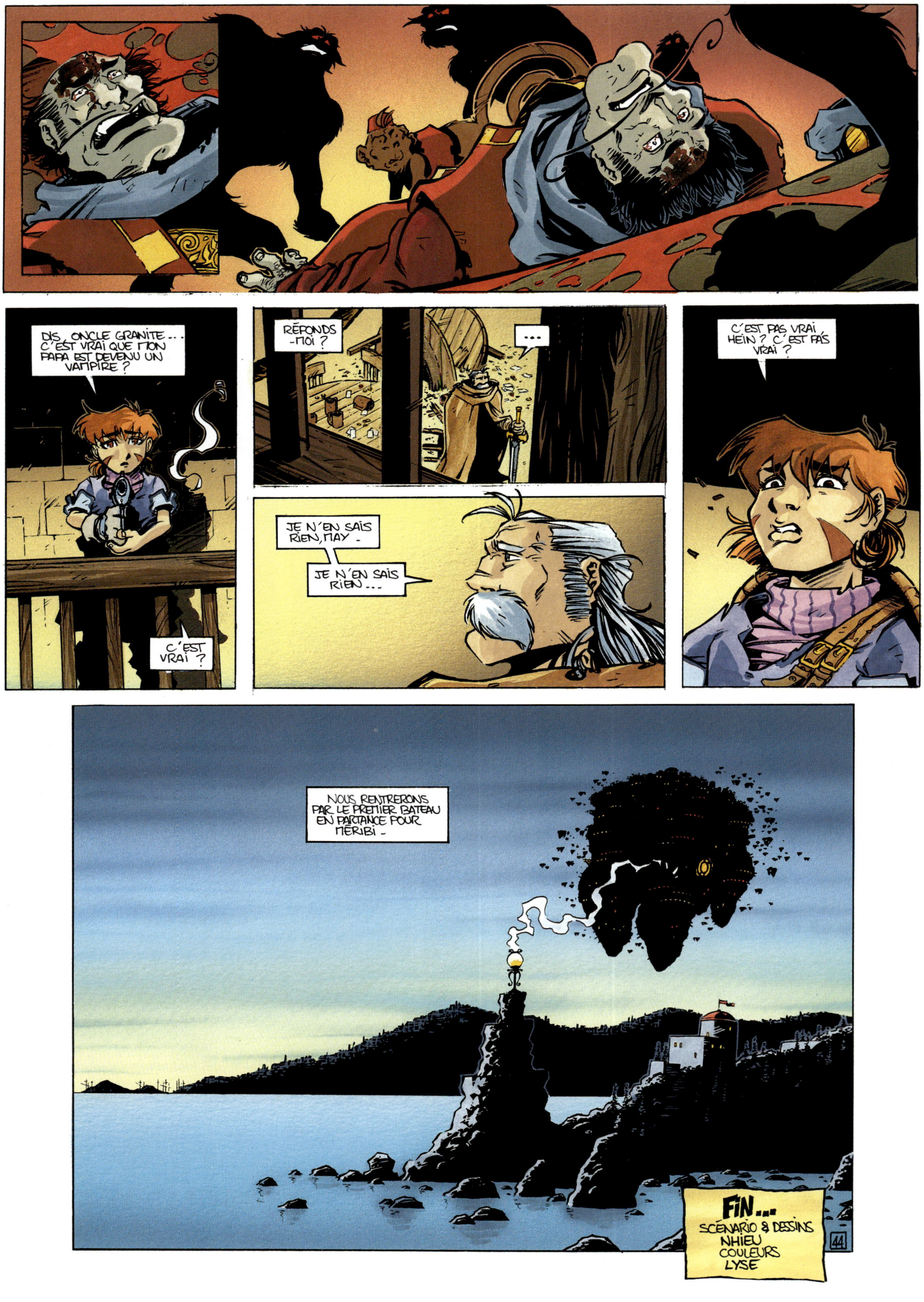

DIS, ONCLE GRANITE... C'EST VRAI QUE MON PAPA EST DEVENU UN VAMPIRE ?
C'EST VRAI ?
RÉPONDS-MOI ?
...
JE N'EN SAIS RIEN, MAY.
JE N'EN SAIS RIEN...
C'EST PAS VRAI HEIN ? C'EST PAS VRAI ?
NOUS RENTRERONS PAR LE PREMIER BATEAU EN PARTANCE POUR MERIBI.
FIN...
SCÉNARIO & DESSINS NHIEU
COULEURS LYSE
44